JN212249

幼少期に「自分がされて嫌なことは人にしちゃいけません」という教育を受けることがあるけれど、あれ本当にやめた方がいいと思う。この説を信じたばっかりに、私は二十数年にわたって大事故をたくさん起こしてきた。

どうやら私には、真実至上主義みたいなところがある。核心をついた事実（のようなもの）を探すのが大好きで、自分のことでも他人のことでもそれ以外のことでも、もし見つかればその場の空気にかかわらず嬉々として話してしまう。

学生の頃は、そういう『正しいかもしれないけど言わんでいいこと』を空気を読まずに言いまくって、疎まれたり、クラス内で除《の》け者にされたりした。今考えれば当たり前だ。なんか自分が話したあとっていつも変な空気になるなということは気づいていたけど、私は全く反省していなかった。新しい真実を知ることができるのは、仮に見たくない一面であったとしても、私にとっては何よりも喜ばしいことだったからだ。どれだけヤバい言動でも「自分がされて嫌なことではないから大丈夫」という理屈が成り立ってしまっていた。

どうしてそういう人間になってしまったのかと言われても、生まれつきだったかもしれないし、何かきっかけがあったのかもしれない。ただ一つ覚えているのは桜の木のことである。


小学校低学年のとき、同じクラスに田丸くんというやんちゃな男の子がいた。ある休み時間に彼は大きな木の枝を持って走り回っていた。枝の切り口はまだ刺々《とげとげ》しく、本来誰にも見られることがなかった内臓のように新鮮な色をしている。

「それ、校庭の木でしょ。わざと折ったらいけないんだよ」と私が声をかけると、

「なんで?」と言われた。

なんで。なんでなんだろう。なぜ木の枝をわざと折ってはいけないのだろう。

「……木だって、痛いと思うから」

自分でもこれではない気がすると思いながら絞り出した理由に、彼は「意味わかんねー！　植物が痛いわけないじゃん」と言って走り去っていった。

枝を折ってはいけない理由はわからないけどそれでもやっぱりいけないことだと思ったし、自分にとってベストな答えを出せなかったことが悔しかったのもあって、私はそれを担任の先生に告げ口した。

先生が「田丸くん、校庭の木の枝を折ったの？」と問いかけると、彼は「折ってない、拾ったんだ」と言い張る。先生はそうなのねと言って、田丸くんと私にそのまま席に戻るように伝えた。普段、田丸くんはよく友達を殴ったり意地悪したりして注意されまくっていたので、それに比べれば枝を折ったかどうかなどは取るに足らないことであり、先生からしたらこれ以上勘弁してくれという感じだったのだろう。

でも私は、これは真実ではないと思った。

私が間違っていることにされた。絶対に違う。絶対に違う。ほんとうじゃないことを言われている。鼓動が高鳴り、どろりとした液状のもので脳が支配されていくのがわかった。

真実を証明しなければ。

それから授業の内容は全然耳に入ってこなくって、私は田丸くんが枝を折ったという証拠をあげつらうことに頭をフル回転させた。昼休みのとき、彼がもう飽きてその辺に放り投げていたあの枝を見つけ、私はそれを持って校庭中の木を調べた。表皮の感じからして、枇杷《びわ》の木ではない。枝の曲がり具合からして、くすの木でもない。桜の木はどうだろう。一本一本調べていき、子どもの手が届きそうなところにある傷跡を見つけた。それを持っていた枝と照合すると……ぴったりと合ったのだ。

なんだかすごく興奮していた。もう、田丸くんが木を折ったこと自体はどうでもよく、私は真実を自分の手で見つけたことで頭がいっぱいになっていた。誰も持っていない素敵な宝物を自分だけが隠し持っている気がして、どうにかして今すぐ誰かに伝えたくなった。

私は放課後、急いで田丸くんを呼び止めた。

「校庭の木折ってないって言ってたけどあれ嘘だよね。だって最初に私が注意したとき『なんで？』って言ったよね。本当に折ってなかったらそこで違うって言うよね」

田丸くんがぽかんとしているのもお構いなしに、私は早口で捲《まく》し立てる。

「見てこの枝。さっき田丸くんが持ってたやつだけど、折れたところが新しいよね。自然に折れたらこうはならないと思う。あとさっき校庭で探したら桜の木とぴったり合うところがあった。これ桜の木でしょ。二時間目の休み時間のとき、校庭の三番目の桜の木、折ったんでしょ」

彼は多分もう、戯《たわむ》れで折った枝のことなどすっかり忘れていたのだろう。「なんでわざわざ俺にこれを言うんだよ」という苛立った顔をしている。

「……あー、折ったよ！　だからなんだよ！」

彼からそのセリフを引き出して、私の達成感は絶頂を迎えた。やっぱりこれは真実だった！　もう誰でも良いから褒めてほしい。

「どうだ！　この名推理」

私は満面の笑みで、両手を腰のところに当てて胸を張った。こう書くと脚色っぽいが、このとき本当にこのポーズを取ったことを覚えている。嬉しくて嬉しくて、名探偵コナンのアニメで覚えたばかりの「めいすいり」という言葉も使った。だけど田丸くんは「うるせーバーカ意味わかんねえんだよ」と言い残して走り去っていってしまった。

罵声《ばせい》を吐く田丸くんに全くイラついたりはしなかった。それよりも、初めて見つけた真実の手触りに感動するのに脳が忙しかった。真実というものの圧倒的な美しさと、それを掘り当てる快感。生まれてからずっとこの世界には靄《もや》がかかっているような気がしていたが、真実というものは目に見えないはずなのに圧倒的にクリアで、ぴかぴかで、きらきらだった。本当はこの感動を田丸くんと共有したかったのだけど、彼って乱暴で変な子だもんな、と思って納得することにした。今考えれば、田丸くんより私の方が相当に変な子だ。

私はそのまま中学生になって高校生になって、『正しいかもしれないけど言わんでいいこと』をやっぱり言いまくって、そしてもはや正しくもない上に言わんでいいことも言いまくって、人間関係を破綻させ続けていた。たまに他人が勇気を持って指摘してくれても、「私ってそういうところあるんだァ〜〜！」と理解が深まったことをただ喜んだり、既知の物については「あー、それは知ってるよ」と素っ気なく返したりしていて、余計に相手の怒りを買っていた。私にとっては「ほんとうに真実かどうか」「自分にとって新しい知見かどうか」にしか価値がなかったのだけど、相手からしたら「自分に危害が及ぶかどうか」なので、知ってるなら直せよとずっと思われていたんだろう。

恐ろしいことに、自分の言動が本当にヤバいと気づいたのはたった数年前だ。とある人に「上坂さんは自分の両手がシザーハンズだってことをわかっておいた方がいいですよ。上坂さんが通ったあとの道にはたくさんの血が流れてます。あなたには見えないのだろうけど」とまで言われ、やっと気づいた。

私の両手、刃物だったんだ。真実をていねいに両手で掬《すく》い取って愛でることが、毎回相手をズタズタに切り裂いていたんだ。だから皆、段々私から離れていったんだ。ショックというよりは、このときもやっぱり自分が気づいていなかった本質に気づかせてくれたことが嬉しかったので、「なるほどね〜〜〜！！」と喜んでしまった。

自分の両手が刃物だと気づいてからは、できるだけ人を切り刻むことがないように努力した。しかしそれは、とても難しい。

薄々自覚はあったのだけど、とっておきの真実について話すとき、私は眼が据わっている。というかガンギマっている。田丸くんを追い詰めたあの日のように、脳から何かの液体が分泌され熱くなり、できるだけ端的に磨いた言葉を早口で並べるも、それでも脳の加速に追いつかず必死になる。先日は、飲食店で好きな漫画について自分の考察を話していただけだったのに、厨房の中で店員さんに「あの席の人、なんか宗教勧誘してるよね」と噂されていたことが、店を出たあとに友人から聞いて判明したりもした。美味しそうに皿に盛られた大好物を目の前にしたり、自分にとって性的魅力の高い人が全裸でいるのを目の前にしたら皆目の色が変わるように、私にとって質の高い真実を知り、人に話すことは、もはや三大欲求に近いものすら感じる。中でも、本人も気づいていないような心の奥にある願いとか、トラウマとか、「その人固有の真の気持ち」みたいなものにすごく惹かれてしまう。もっと知りたい、もっと深く、そして言いたい。できるだけシャープに言葉にしたい。多分、こんなに苦しみながら文章や短歌を書いているのも、自分が得た真実を一人でも多くの人に話したいという欲に勝てないからだ。私は真実を喰らって生きるタイプの魔物なのかもしれない。

今でも素晴らしい真実の片鱗《へんりん》を見つけると脳みその奥が疼《うず》くけれど、できるだけ歯を食いしばって耐えている。最近はかなりマシになってきたと思うけど、皆大人になって付き合う人を選べるようになったから、私の性格に耐えられる人しか周りに残っていないだけかもしれない。

ちなみに、田丸くんとは卒業後全く関わりがなかったのだけど、お互い成人した後、人づてに手紙を渡されたことがある。そこには「初恋の人でした。よければ連絡をください」と連絡先が書いてあった。いや、なんでだよ。どこでだよ。よく考えたら桜の木事件の前から、田丸くんからはやたらとスカートめくりをされたり執拗《しつよう》にからかわれたりしていたが、迷惑な人だな〜と思うだけで全く気に留めていなかった。

自分は名探偵でもなんでもなく、そもそも推理すべき事項を誤っていた。全く異なる真実の手触りが、そこにはあった。

ほんとうのことがこの世にあるとしてそれは蟻の巣的なかたちだ

私が中学生のとき、父と仲の良いご家族と、我々家族での食事会があった。先方の子どもも来ていて、上の子は小学生、下の子はまだ三歳だという。そのご夫婦は、思春期でかなりの人見知りである私にも適度に話を振ってくださり、とても和やかな空気が続いた。人間性にかなり問題がある父だが、父と仲の良い人は、なぜかもれなく善人なのが不思議だ。

父はタバコを一日に三箱は吸うほどのヘビースモーカーだが、その日は食事中にまだ一本もタバコを吸っていなかった。

「ヨシヒロさん、タバコ吸っても良いですよ。子どもはちょっと奥に行かせておくので」

「俺も家では離れて吸ってますし」

明らかにニコチンが切れている父を見てか、ご夫婦は気を遣って父に喫煙を促した。

「いやいや！　こんな可愛い子たちの前で俺はタバコなんて吸えないよ。皆は吸っても良いから。ね、そうだよねー」

父はそう言って三歳の男の子の頭を撫でる。家では私たちが小さい頃からめちゃくちゃ吸っているくせにと思ったが、奥の席の姉が首を小さく横に振ったので、それは黙っておいた。

そこから、うちは女だけど男の子は大変なんじゃないですかみたいな話を母とそのご夫婦がし始めて五分ほど経ったとき、父はおもむろにタバコを吸い始めた。

――！！！！！？？？？！！

多分その場にいた全員（三歳の子は気づかなかったかもしれないけど、小学生のあの子すらも多分）が、ギョッとした顔で父を見た。

「パパ、ついさっき吸わないって言ったばかりじゃん！」

姉が真っ先に父を糾弾すると、父は、

「だって吸いたくなっちゃったんだもん」

と、ニコニコしながら言ったのだった。

父は「したくなっちゃった」ことは、本当にする。どんなに周囲に引かれても、倫理的に問題があっても、絶対にする。そして、衝動性がすごく強い。五分前の自分が思っていたことと、今の自分が思っていたことが全然違っていたとしても、その瞬間の欲望を大切にする。今の自分が思うことが絶対で、それによって周囲に迷惑がかかろうと、文句を言われようと、彼の中では瑣末《さまつ》なことである。

なぜそんなことができるかと言えば、彼は自分の欲望に合わせて勝手に物語を作り上げ、その主人公として没入しているからだ。彼の物語の中では、「したくなっちゃった」ことに合わせてそれっぽい脚本が次々に用意されるし、新しい脚本が現れたら前の脚本のことはなかったことにして良いことになっているらしい。

先日、姉が教えてくれたエピソードがある。

「小さい頃、パパはなんで美容師になったのかって聞いたの。そしたら『そんなに裕福じゃない家で予備校まで行かせてもらったのに大学受験に失敗して、もう死のうと思って海に飛び込んだんだけど、意外と泳げちゃってそのまま通りがかりの小さな船に助けられて、その船にたまたまあった雑誌プレイボーイに〝美容師は月百万稼げる〟って書いてあったのを見て美容師になった』って言ってた」

この話が事実かどうか、今となってはもう誰にもわからない。でも身内の勘で、これは多分本当のことだ。父は、海に飛び込むその瞬間までは、本気で死のうと思っていたはず。そのときは彼の中で、健気に努力を重ねた主人公が絶望を味わう悲劇の物語が展開されていた。だけど海に飛び込んだ瞬間に物語が一旦終わった。「あ、なんかもう死ななくていいや」という気持ちにおそらくなり、そのまま泳ぎ続け、まんまと助けられ、そうして物語の第二章（美容師篇）が始まった。

父はそうやって、自分で作り上げた物語の主人公を演じ、飽きたら脚本を作り変え、さっきまでの脚本はなかったことにして別の欲望を満たしに行く。彼の中では世界の中で自分がどう生きるかではなく、自分に合わせて世界が再構築されるようになっている。

最近になって姉に、父はどんな人だったかと聞いてみた。

「いっくんにそっくり。あーでも、いっくんの方がまだ大人かもな」

いっくんというのは、ワガママ盛りな彼女の息子（五歳）である。

人生でまだ主人公だと思う?って声がイートインコーナーからする

父は顔が良かった。

往年の名俳優のようなはっきりとした目鼻立ちと独特な雰囲気の目つきをしており、よく食べる割に痩せ型のスラッとした体つきで、スーツも柄シャツもGジャンもお洒落に着こなす。BOSS缶コーヒーのロゴにいるパイプを咥《くわ》えた男性が父にそっくりで、幼少期の私はサントリーの自販機を見かけるたびにパパだ、パパだと言っていた。

そしてとても社交的で、人と話すのが大好きだった。美容師は天職だったと思う。美容師としてのスキルは並だが、そのコミュニケーション能力と人を惹きつける天賦《てんぷ》の才で、長年客が途切れることがなかった。誰かと二人で話すのも好きだが、大勢が集まるのはもっと好きで、父の経営する会社では毎年社員旅行が催《もよお》されていたし、スタッフをよくご飯に連れて行っては後先考えずに奢っていた。人の悪口などはあまり言わない。今の言葉で言えばコミュ強で生粋《きっすい》のパリピって感じである。

そんな父だから、当然モテた。モテてモテてモテまくっており、母と結婚してからも常に女が数人いた。

私が十歳のとき、小学校で「二分の一成人式」というイベントが催されることになった。これは成人の二分の一である十歳の門出を祝うというもので、開催にあたって自分の名前の由来を親に聞き、作文にするという宿題が出た。自分がどれだけ愛されて生まれてきたかを知り、ここまで育ててくれたことを親に感謝するというのが学校側の意図だったのだと思う。

早速家に帰って母に、「あゆ美」という名前の由来を尋ねた。「あんたが生まれるとき、ママが付けたかった名前を候補としてたくさん出したんだけど、パパが『その名前の女は体が弱かった』『その名前の女は性格が悪かった』とかなんとか言って全部却下しちゃったの。それでも名前決めないといけないから、たくさんたくさん名前を挙げて、全部却下されて、最終的に『アユミは?』って聞いたら『そんな名前の女は知らない』って言って、アユミになった」

私は、父がまだ手を出していない名の女として生まれたらしい。そんな由来ってあるんだ。理解に苦しみつつも、とりあえずこれは絶対作文に書いてはいけない話だということは幼い私にもわかった。藁《わら》にもすがる気持ちで、じゃあ名前の漢字はどう決めたのかと聞いてみた。「歩美」でも「あゆみ」でもなく「あゆ美」というのは、いかにもそれなりの意図がありそうではないか。母はこともなげに「姓名判断の占い師のところに行ったら、その表記が画数的に運勢が良さそうだったから」と答えた。終わった。結局私はそれっぽい名前の由来を一生懸命考えて、「……だと思います」「……じゃないかと思いました」みたいな文体の作文を書き、なんとか宿題を乗り切った。

父には日本人だけでなく、外国人の友人も多くいた。外国語をほぼ話せないのに、なぜかあっという間に仲良くなってしまう。地元の静岡県沼津市は外国人が多く住む土地ではないのだが、謎の人脈で次々と交友関係を広げていた。当時、我が家の目の前には英会話教室があって、姉と私も通わされていたのだけど、気づいたらそこの講師であるマックス先生と父がマブダチになっていた。そのうちマックスは父指名でうちの美容院に通うようになった。マックス、ほぼスキンヘッドなのに。

またある日は、ブルガリア人のご夫婦と急に仲良くなったらしく、ブルガリア伝統レシピ（らしい）で作られたレーズンパンを頂いた。父はそのパンを、本当に美味しいなあ、俺これ大好き！と言いながらよく食べ、本人の前ではそのさらに百倍くらいの褒め言葉を述べる。我が家には、ますます多くのレーズンパンが届くようになった。父に外国人の友人がやたら多かった点について、母と姉曰く「パパの性格は、日本人的な真面目な性格の人だと引いちゃう人も多いんじゃない。パパは自分をちやほやしてくれる人のことは相手が誰だろうと好きだから」とのことである。

父はそうやって顔とコミュ力だけで生きてきたためか、私たち子どもは勉強をしろと言われたことは一切なく、代わりに小学校の通知表では毎回「誰にでも明るく挨拶ができる」の欄だけが重視された。どれだけ成績が良くても、挨拶の欄に○がないと父にとっては不合格のようで、父と同じく顔とコミュ力で生きている姉は何かと父に絶賛された。勉強は得意だけど人見知りで内気だった私は、だからといって別に怒られるわけではなかったのだけど、私の方が成績が良いのにと思ってあまり納得できずにいた。一方母は、私の成績の良さをいつも褒めてくれた。父が褒めない代わりにという気持ちもあったのかもしれない。母は「一番」「テッペン」という言葉が好きな人だったから、私はわざと「テストの点、クラスで一番だったよ」とかいう追加情報を与え、母を喜ばせた。体育だけは学年でも下の方であることからできるだけ目を逸《そ》らさせたい思いもあった。母はよく「保育園の中で一番可愛い」とか、「クラスで一番賢い」とかいう言葉を使って、他の子どもと比較する形で私たちのことを褒めた。父は母と違って「リーとアユ（姉と私のこと）は世界で一番可愛い！　天才だ！　パパの子どもだからだね」と、何の具体的根拠もなくとにかく猫可愛がりした。

私はそもそも父から教育や指導の類をほとんどされた覚えがない。怒られたこともほとんどない。前提として父はギャンブル通いや女遊びに忙しく、ほぼ家にいなかった。父はよほどの仕事がなければ常にパチンコ屋にいて、その合間にご飯を食べ風呂に入り、それでも家で暇なときに、思いついたように子どもを可愛がっていた。私と姉の世話は母と、同居の祖母がすべてやっていた。保育園や小学校の中で比較できるほど、彼は私たちの状況を知らないだけだったのかもしれない。

姉が小四のとき、学校の目の前に捨てられていた子猫を拾ってきた。こっそり飼おうとしていたらしいが即刻家族にバレて、生き物が嫌いな祖母は激怒し、母も姉に世話ができるはずがないと反対した。それでも子猫は今にも死んでしまいそうに弱っていたので、母は献身的に世話をし、だんだん情が湧いてしまって、そのまま我が家で飼うことになった。そんな母を見て姉は「計画通りだ」と言った。

父はどうしたかというと、パチンコの合間に帰ってきて猫を見つけると、「猫じゃん！」と当たり前の感想を言い、ご飯を食べ終えて暇になると「可愛いねえ、世界で一番可愛い猫だねえ」と子猫を撫でた。猫を可愛がることに飽きると、母が寝ずに子猫の世話をしている横でグースカ寝て、また次の日パチンコに出かけて行った。

日頃の世話は全くしないが、自分が暇なときにだけベタベタに甘やかして可愛がる。父は、実の子どもへの接し方と、飼い猫への接し方が、マジで全く同じだった。彼にとっての愛情とは、自分の欲望の片手間にのみ発生する。どんなシェフのサラダよりも気まぐれで無責任な愛を受けて、私は育った。

父がくれるお菓子はいつも騒音と玉の重みで少し凹んでた

ある日、理科の授業で「お家でとっている新聞を一週間分集めましょう。その中の天気図の部分を切り取って、七日分をノートに貼ってきてください」と先生が言った。雲がどのように動いているかを観察するためだという。雲の動きを毎日ノートに貼るなんて、そんなことしていいなんて、なんだか神様みたいだ。わくわくしながら家に帰って、早速食卓に置かれていた新聞を開く。クラスでも特に小柄だった私にとって、ひらいた新聞は自分がくるまれてしまいそうなほどに大きく、ページをめくるのにかなり苦労した。雲はここかなあ、ここかなあ、と思いながら全ページを見渡したけど、天気図はどこにも見当たらない。

夜になるのを待ってから、必死に探しすぎてバラバラになってしまった新聞を持って、父に聞いてみた。父は「天気ならここにあるよ」と前の方のページを指差す。それは、数日分の天気が太陽、傘、雲などのアニメちっくなマークで表されているだけの簡素な図だった。巨人ファンでギャンブル好きな父の趣味で、我が家の新聞はずっと「スポーツ報知」だったのだ。社会情勢、事件、文化コラムなどが載っている一般的な大手新聞には、雲の動きを含む詳細な天気図がある。しかし記事の多くが野球チームの勝敗や芸能ゴシップなどに割かれるスポーツ新聞では、この一週間が晴れか雨か曇りかという、すべての天気をざっくり三種類に分けた、簡易的な天気欄しかなかった。雨だと競馬や競輪などのレースに影響が出るからかもしれない。競馬や競輪のレース模様は、毎回天気欄の二十倍くらいのでかさで載っていた。

それでも私は課された宿題をやらなければならなかったから、一応、「スポーツ報知」の天気欄を七日分切り取って丁寧にノートに貼り、学校に持っていった。クラスメイトに見られないように、授業の前にこっそり先生にだけ見せる。雲のないノートを見て先生は一瞬黙ったあと、憐れむように「……お隣の子に一緒に見せてもらおうね」と言った。

皆の家の雲は動くのに、我が家の雲は動かない。自分の家は、なんか良くない方向に人と違うらしいということを、初めて実感した瞬間だった。

友達と話していて、その子の家には絵本や、話題の小説や、画集や写真集などがあると聞いて、とても驚いたことがある。だって私の家にあるのは、ヤンキー漫画と、エッチな週刊誌と、パチンコ雑誌と、よくコンビニの入り口付近で売っている「本当にあった!ご近所トラブル」みたいな分厚い漫画だけだったから。今の私ならそれぞれの作品の良さや味わい方がわかるけれど、小学生当時はそれが猛烈に恥ずかしいと思った。歌人になってからも、「親の趣味で本棚に歌集があって、自然と短歌に出会いました」みたいな人の話を聞くと、正直今でもちょっと辛くなる。

我が家はふつうじゃないのだ、と思った瞬間、色々なことが気になり始めた。例えば我が家にあるお菓子は、なんというかパチモンみたいなお菓子ばかりだった。味はそれなりに美味しいけれど、スーパーやコンビニで売っているのを見たことがないものばかり。友達の家に行くと、ちゃんとカルビーやブルボンが作っている馴染み深いお菓子が出てくるから、多分こっちが本物なのだろう。味も心なしか、本物の方が美味しい気がする。遊びに行くと言うと、よく母が「じゃあお菓子持っていったら」と家にあるお菓子を手渡してきたけど、私はパチモンなのが恥ずかしくて持って行きたくなかった。

小学五年生だったとき、「あやや」こと松浦亜弥がCMに出演していたシャンプーが爆発的に流行った。彼女の代表曲である「♡桃色片想い♡」を主題歌に、桃の香りがするピンクのシャンプーを、当時のティーンはこぞって買い求めた。我が家のシャンプーは長年同じもので、やっぱりドラッグストアで売っているのを一度も見たことがない、茶色のなんか変な草の絵が描いてあるシャンプーだった。でもクラスではあややの桃のシャンプーを使っている子ばかりになって、皆が桃の匂いを振り撒《ま》きながら自慢してくるので、私はこのシャンプーが欲しくてたまらなかった。母はなかなか買ってくれず、私は「うちはふつうじゃないからだめなのかな」と悲しみを募《つの》らせていた。後日、姉と二人で駄々をこねまくったら渋々買ってもらえたけど。

先日、小学校の同級生のみさとちゃんに、久しぶりに会った。彼女は「あの頃、あゆのお家が本当に羨ましかったんだよ」と言った。「いつもおしゃれでブランド物の服を着てたよね？　あゆのお家は、すごい広くて立派で。家の中で一緒に縄跳びの練習ができるなんて、本当にびっくりしたんだよ」

嘘だと思った。だって、その子のお家はいつでも本物のお菓子が出てくる家だったし、あややのシャンプーも皆より先に持っていたし、もちろん理科の授業でも雲が動いていたから。私こそ、彼女の家に生まれたかったなあって、心の底から何度も思っていた。

「それに、あゆの家はすごく、すごく自由だったから」とみさとちゃんは続ける。

当時、遊びに来ていたみさとちゃんと私を、母が夕飯に連れていったことがあったらしい。そこの飲食店ではいつもテレビがつけてあって、そのときはたまたま『Stand UP!!』という、童貞卒業を目標とする高校生の青春を描いたドラマが流れていた。

幼いみさとちゃんは〝童貞〟という言葉の意味を知らず、とても気になったので、まず彼女の姉に尋ねてみると、「知らない！……知らないけど、あんたそれ絶対お母さんに聞くんじゃないよ」と強く言われた。お姉さんは、本当は意味を知っていたのだ。聞くなと言われると余計に気になってしまい、みさとちゃんはお母さんに同じことを聞いたところ、そんなこと知らなくていい!!と一蹴されてしまったのだという。

それでもどうしても知りたかったみさとちゃんは、我が家に来ていた際、私の母に童貞の意味を尋ねた。私の母は表情一つ変えずに、「エッチしたことがない男の人のことだよ」と、あっさり教えてくれたのだそうだ。

「あのとき、本当に感動したの。生まれて初めて、子どもだからって変な気を遣われずに、一人の人間だって認めてもらえたんだと思った」

童貞という言葉を知ることさえ禁じられていたみさとちゃんと比べれば、我が家では父が幼い私や姉を膝に乗せながら、雑誌に収録されているバチバチ18禁のエロ漫画を読んでいたことすらあった。幼い姉が「これエッチなやつじゃん！」と指をさしても、父は「そうだねえ、エッチだねえ」と言ってページをめくり続けるような家だった。父のベッドの横には常にエロ本が置かれていることを知っていたので、小学生の頃、私と姉は誰もいないときに読みまくっていた。今考えれば父が比較的ノーマルな性癖だったことは、我々にとって本当に幸いだ。たしかに我が家はものすごく自由というか、放任主義の家だった。何時間漫画を読んでも、ゲームをやっても、パソコンをやっても、怒られることは一切なく、宿題はやったのかとかもっと勉強しなさいとかは一度も言われたことがない。

大人になってからわかったことがいくつかある。家にあったお菓子が一般流通していないものばかりだったのは、母が生協の注文宅配システムを使っていたからだった。我が家は共働きで、忙しい母は日中食材の買い出しに行くことが難しく、いつも夜中に生協のカタログを見て、そこにあるオリジナル商品から買うものを選んでいた。そして、あややのシャンプーを買うことを渋っていたのは、我が家が美容院を営んでおり、美容院専売の特別なシャンプーを家でも使っていたからだった。地味で変な絵が描いてある茶色のシャンプーは、実はあややのシャンプーの三倍以上の値段がするらしい。

「ふつうの家」なんてないんだなということに気づいたときから、やっと、私の中の雲が動き出した。あややのシャンプーを買ってもらったときよりも嬉しかった。

栗南瓜の煮付けのような夕暮れに甘くしょっぱく照らされる家

世界中の親たちは、いつからサンタクロースのふりをしてクリスマスプレゼントを与え始めるんだろう。生後一歳や二歳ではプレゼントという概念すらあまりわからないだろうから、どの家庭でも子がある程度育ったとき、「今年からクリスマスプレゼントという習慣を取り入れることにしよう」と決めた十二月があったのかもしれない。でも、サンタの設定ってそんなに杜撰《ずさん》でいいのだろうか。記憶力がいい子どもだったら「今年からなんか急に来たな」と感じ、それがサンタへの不信感に繋がりかねないだろう。

というのも、私はまさにそうだった。何歳のときか忘れたが、まだかなり小さかった頃。クリスマスの朝、目が覚めたら枕元に金色のリボンがかかったプレゼントがあった。「クリスマスの朝起きたらプレゼントがある」という状況はこのときが初めてで、感想としては「なんか急に来たな」だった。

幼少期から物語を読むのが好きだったので、サンタクロースがプレゼントをくれるらしいという文化については前から知っていたが、去年も一昨年もサンタは来なかった。去年など、わざわざサンタ宛に手紙を書いておいたのにガン無視された。私がプレゼントをあげるに値しない悪い子だったのかもと思っていたけど、去年とたいして振る舞いが変わっていないにもかかわらず、今年は急に来た。サンタの評価システムガバガバじゃないか？

……ていうかこれは、もしかして。

気を取り直して初めてのプレゼントを開封してみると、中身はビデオテープ。ディズニー映画の『101匹わんちゃん』だった。正直言ってあまり嬉しくはない。ディズニー映画ならTSUTAYAに行ったとき親に頼めばいくらでも借りることができたし、『101匹わんちゃん』は過去にレンタルで観たことがある上で、当時そこまで熱心にハマらなかったからだ。

さらに、私がもらったビデオのパッケージは白黒だった。『101匹わんちゃん』

はダルメシアン犬の物語なのでキャラはもともと白黒なのだけど、これは背景や人物まですべて白黒だ。端っこの方にはミスプリントのような白っぽい線まで入っている。

明らかにこのビデオは海賊版だった。当時は海賊版という言葉を知らなかったけど、どう見ても偽物であるということは幼い私にもわかった。

状況を整理すると、考えられるのは以下の三つである。

①私が良い子だったので今年は我が家にサンタクロースが来て、プレゼントに海賊版のディズニービデオをくれた
②私が悪い子なのでサンタクロースは今年も来ず、母が松木さんにダビングしてもらったビデオをサンタからのプレゼント風に設置した
③私が良い子か悪い子かにかかわらず、サンタクロースは存在しないため、母が松木さんにダビングしてもらったビデオをサンタからのプレゼント風に設置した

なぜ入手経路までわかっているかというと、以前母が「松木さんが映画をダビングできるらしいから観たいのあったら言って！」と言っていたことを思い出したから。自分の例年の振る舞いにあまり差がないという事実を踏まえて、答えはどう考えても③だった。というか①だった場合、海賊版ビデオをプレゼントするサンタが実在することになり、サンタが存在しないことなんかより百倍くらいショックだからやめてほしい。

私が平均的な子どもより早熟だったせいで、私の親は、サンタのプレゼント習慣を取り入れる時期を完全に見誤ったのである。こうして私は良い子でも悪い子でもないまま、サンタクロースは実在しないことを、かなり幼い頃に体感したのだった。

小学生になる頃には既に母はサンタの設定をやめていて、毎年普通に手渡しでプレゼントをくれるようになった。

その年のクリスマス、母は私と姉にそれぞれ大きな棒状のものをくれた。ワクワクしながら開封したら、来年のカレンダーだった。やたらとでかいが、いたって普通の、ただのカレンダー。クリスマスにカレンダーを欲しがる小学生がどこにいるというのだろう。しかも私と姉は共通の子ども部屋を使っており、一部屋にこんなでかいカレンダーは二つもいらない。私も姉もこれには大変がっかりし、口々に文句を言った。「じゃあ何が欲しいのよ」と言われて、「モー娘。のグッズ！」と答えた。私と姉は当時モーニング娘。にドハマりしていて、生写真やグッズを熱心に集めていたのだ。

翌年のクリスマス。夕食時に母は、またしても大きな棒状のものを手渡した。まさか……と思いながら開封すると、それはモーニング娘。のカレンダーだった。なんでだ。なんでカレンダーで縛るんだ。何が母をそうさせるんだ。ちなみにこの頃の我が家は割と裕福だったので、お金がなくてカレンダーしか買えなかったとかいうわけではなく、普通に母のセンスの問題だった。だが今年は一応リクエストに沿ってはいたため、去年ほど文句が言えずに終わった。私と姉は、全く同じカレンダーをそれぞれの机の前に貼って、一年を過ごした。

その翌年。もう解釈に幅が出ないように品名を明確に指定した方がいいと学んだ私たちは、母の前で『ポケットモンスター 金・銀』が欲しい欲しいと言い続けた。十一月頃からしつこく言っていた甲斐あって、クリスマスになると母は『ポケットモンスター 金・銀』をくれた。私と姉は狂喜乱舞した。当時の小学生にとって最新のポケモンソフトより嬉しいものなど存在しない。母は「去年のカレンダーだって高かったのに」とぶつぶつ言っていた。

めくるめく生クリームに母の声　いつかのメリー・クリスマスイヴ

昔から肌が弱い。アトピー体質とかではなく、ただただ普通に弱い。敏感肌っていうやつかもしれない。現在も、サウナに入りすぎると肌が痛くなったり、山でブヨに刺されただけでものすごい腫《は》れ上がってしまい病院で点滴を打たれたりしたが、これでも大人になってだいぶマシになった方だ。幼少期は今よりもさらに敏感で、肌の弱さによって日常生活に支障が出ることがままあった。

小学四年生のときのある日、大きな緑色の柑橘類がたくさん我が家にやってきたことがあった。母が知人からもらったのだというそれは「スウィーティ」という果物だった。Sweetieと名付けられた柑橘味の板ガムが昔ロッテから出されていたので、それで知っている人もいるかもしれない。私は昔から珍しい果物や食べ物にすごく興味があった。当時はまだ地方スーパーではほぼ流通していなかったアボカドやマンゴスチンがどうしても食べてみたくて、親に駄々をこねて取り寄せてもらっていたほどだったので、この日は未知の果物の登場にとてもワクワクした。

私の顔くらいはありそうな、まるまると大きいスウィーティ。母が包丁を入れた瞬間、甘くさわやかな香りが周囲に広がる。私は母の後ろにぴったりとくっついてまな板を見つめる。蜜柑《みかん》やグレープフルーツよりはずっと皮が分厚いように見える。皮がというか、皮の下の白くふわふわした部分がとても分厚く、文旦とかに近いかもしれない。母が一房ずつカットして食卓に出してくれたので、それを家族皆で食べた。結論から言うとそこまで特徴的な味ではなかった。スウィーティという名前の割には甘～い！というほどでもない、グレープフルーツより少し甘いかなくらいで、まあ普通に美味しかった。こういうのは未知のものを口に入れるあの瞬間がクライマックスなので、まあまあまあこんなもんですねという偉そうな感想を持って、私は数房を食べてすぐ満足した。

食事を終えテレビを見ながらダラダラしていると、母がお風呂見てごらんと声をかけてきた。風呂場に行ってみると、湯船にさっき食べたスウィーティの皮がたくさん浮かんでいる。母は分厚くて立派な皮がもったいないと思ったのか、みかん風呂の要領で風呂に入れてみたらしかった。小学生の頃の私はテレビ番組『伊東家の食卓』に出てくる裏ワザをすべて暗記するような、「おばあちゃんの生活の知恵」みたいなものがなぜか大好きな子どもだったので、食べるだけじゃなくてこんな使い方があるのか！と思い、スウィーティの可能性に再度ワクワクしてきた。

急いで服を脱いで湯船に飛び込むと、そこら中にさっきの甘酸っぱい香りが広がっている。湯船に浮いているスウィーティの皮をつついたり潰したりすると、より香りが強くなった。一緒に入っていた父はそこまで興味がないようで先に風呂を出てしまったが、楽しくなった私はいつもより長湯をした。

異変は、風呂から上がって体を拭いているときに起こった。

まんこが痛い。猛烈に痛い。

局部とか女性器とか、なんと書くべきか十分ほど考えたけど、当時の私からするとまんこはまんこ以外の何物でもなかったため、そのときの言葉をそのまま使わせていただく。祖父が住んでいた熱海は塩分濃度の高い温泉が有名で、泉質によっては同様に局部や乳首だけが痛むことがあったが、熱海温泉は入ってすぐに違和感を覚えることが多かったので、痛みを感じた瞬間にすぐ風呂を出ており、大事故には至らなかった。しかしスウィーティ風呂の刺激は私にとって遅効性だったらしく、うっかり長湯をしてしまった。ただ、同じ風呂に入った父も母も姉も全く問題なかったので、私が極端に肌が弱いことが問題なのであり、スウィーティに罪がないことはお伝えしておきたい。

私の体は粘膜や皮膚が薄いところが殊更《ことさら》弱くできているようで、今回も表皮というより内側の粘膜部分が特に痛い。体を拭いている間にもどんどん痛くなってきて、耐えきれず裸のまま母がいるリビングに走ったが、走ったときの風が刺激となって痛むほどだった。ちょっと涙が出た。

痛いよ〜〜痛いよ〜〜〜と助けを求めると、母はあわてて救急箱をひっくり返し、塗り薬を手渡してくれた。前屈みになって、そーーーっと局部に塗ってみたが、指が触れた瞬間にギャッ!!と叫んで床に倒れ込んでしまうほどに痛かった。だけど一刻も早くこの痛みをなんとかしたい。そーっと塗っては悲鳴を上げ、そーっと塗ってはのたうち回る。悶《もだ》えながら時計の針のように床をくるくる回り続ける私の様子を見て、母は笑いを堪《こら》えながら一応心配そうにし、父と姉はゲラゲラ笑っていた。

苦労の末になんとか薬を塗ることに成功したが、少しでも動くと摩擦で痛い。できるだけ刺激を与えないよう、素っ裸で足を肩幅に開き、涙ぐみながらリビングで仁王立ちしているほかなかった。そんな私を見て母はさすがに「パンツ穿きなさいよ」と言ったけど、パンツなんてとんでもない。今あんなものを穿いたら局部が圧迫され、歩くたびに擦《こす》れて痛いに決まっている。とりあえずこの日は、股下にゆとりがあるパジャマをノーパンのまま着て、そろりそろりと子ども部屋に移動してなんとか眠りについた。

次の日の朝。幾分か痛みはマシになり、歩けないほどではなくなったが、まだパンツは穿けそうになかった。

「どうしよう、パンツ穿けないよ。パンツ穿かないと学校に行けない」とべそをかく私に、絶対に学校を休ませない方針の母は、「ズボンにすればパンツなくてもわからないよ。学校行けるよ」としれっと答える。母はそれでいいかもしれないけど、私は股が痛い上にノーパンで学校に行くなんて絶対に嫌だ。「いつものジーパンだとお股のところがキュッてしてるからパンツ穿いてるのと一緒だもん、絶対に痛いもん」と反論するも、母は少し考えたあと、「前に買ったオーバーオールを着たらいいじゃん。あれは股下がゆったりしてるから、昨日のパジャマと同じでしょ。行きなさい」と言った。私はそれ以上言い返すことができなくなり、言われた通りオーバーオールを着てしぶしぶ学校へ行くことにした。もちろんノーパンである。

爆弾を抱えているような気分で登校したが、意外と午前中は問題なく過ぎた。この日は体育の授業がなかったし、もともと席で大人しくしている方の生徒だったのが功を奏して、友達に怪しまれることもなかった。ひょんなことで誰かにバレてしまうかもしれないとヒヤヒヤしていたものの、今日一日をなんとかやり過ごせるかもしれないという希望が湧いてきた。午後にクラス全員でレクリエーションをする時間になり、ハンカチ落としのあとに『なんでもバスケット』をやろう、ということになった。これはフルーツバスケットという遊びがベースになっていて、フルーツのかわりに自由な条件を当てはめることができる。参加者よりも一つ少ない数の椅子を用意し、最初に鬼となった人が、「名前に『あ』が付く人」とか「眼鏡をかけている人」など、その場にいる数名が当てはまりそうなお題を出す。当てはまった人は席を移動しなければならず、椅子に座れなかった人が次の鬼になる、というのを続けていくゲームだ。

ゲームは淡々と進み、次はクラスきってのお調子者・杉元くんが鬼になった。彼はニヤニヤしながらこう言った。

「じゃあ次は……パンツ穿いてない人ぉ～！」

期待を裏切らない彼の発言に、皆がドッと笑う。「そんなやついるわけねえだろ～！」と楽しそうな野次が飛び交う中、まさか今日に限って「そんなやつ」だった私は、一瞬にしてとんでもない窮地に立たされていた。今ここで立ち上がらなければ、嘘をついたことになってしまう。でも席を立ったら、一日中パンツ穿いてなかったのが皆にバレる。嫌だ。なんで穿いてないのと言われても「かくかくしかじかでまんこが痛いから」なんて言えるわけがない。でも嘘をつくのはいけないことだ。

どうしよう。どうしよう。どうしよう………

もし今の私が同じ状況になったら、顔色一つ変えず席に座ったままやり過ごせるだろうが、この頃の私は変な純粋さがあって、嘘をつくのは絶対にいけないことだと心から思っていた。顔面蒼白になりながら両手をギュッと握り締め、下を向いてブルブル震えながら煩悶《はんもん》していると、杉元くんが「やっぱいないよな〜！　じゃあ、一月生まれの人〜」と言った。ひとしきり笑って満足した皆も、無難なお題にはいはいという様子で適応し、「パンツ穿いていない人」というお題は完全に流れていった。

無事に学校は終わったが、私は絶望の淵にいた。

嘘をついてしまった。どうしよう。神様に怒られるかもしれない。おそろしい天罰が下るのかもしれない。神様ごめんなさいごめんなさい、悪気はなかったんです、あのときはどうしようもなかったんですと心の中で唱えてみるが、それがちゃんと神に届いているかどうかは自信がなかった。

家に帰って、泣きそうになりながら母に報告したところ、なんと大爆笑された。

なんで笑うんだと本気で怒ったが、母は笑いすぎて喋ることすらままならなくなっており、ヒィヒィ言いながら「バレなくてよかったねぇ」とだけ言ってこの話は終わった。股の痛みはその次の日にはほとんど治っており、私は再びパンツを穿けるようになった。平和な日常が戻ってきた、かと思われた。

この事件から数ヶ月後に家庭訪問があった。小学生時代の私はとても成績が良かったので、家庭訪問や三者面談などは基本的に褒められるだけですぐ終わる場だった。それで時間が余ったせいなのか、母はあの日の『ノーパンなんでもバスケット事件』の一部始終を担任の先生にバラした。先生も笑いすぎて呼吸がままならなくなったらしい。必死で隠しとおした秘密をバラされ、幼い私は深く傷ついたのだけど、同時にあの日、嘘をついたことの天罰かもしれないと思った。

人生はこんなもんだよ　眉毛すら自由に剃れない星でぼくらは

Instagramを開くと通知が来ている。「見て見てー妹がテレビに出てる！　めっちゃ面白い」「妹、本当に天才！」と、私をタグ付けする形で姉がストーリーズを更新していた。私は主にX（旧Twitter）に生息しているが、姉の主な生息地はInstagramだ。私はそれに、「いいね」を表すハートマークを押すことなくそのまま閉じる。地元で顔が広く友人が多い姉は、直接会ったときにも「この間、〇〇ちゃんもあゆの短歌本当に面白いって言ってたよ」などと言ってくる。多くの場合、私は「ふーん」とだけ答える。本人曰く、姉は私のことが好きらしい。

自分も家族のことを勝手に短歌や文章に書いているから、私についてSNSや地元で何をどのように話されていても構わないけど、私は姉と長時間同じ空間に居たくない。彼女に対して私の望みは一つだけで、「できるだけ私に関わらないでほしい」ということである。

姉と私は年子なので一歳違いだ。歳が近いせいもあるのだろうが、中学生頃まではほぼ毎日姉からいじめられていた。よくある姉妹喧嘩と言えばそうなのだけど、あれは喧嘩というよりいじめやリンチという方が近いと思う。三歳ぐらいの頃、コンクリートの坂道で後ろから急に突き飛ばされて膝の肉がえぐれ（今でも傷がある）、小学生の頃は頭や腕に尖った鉛筆を思いっきり刺され（鉛筆の芯が長年残っていたが数年前に手術で摘出《てきしゅつ》した）、押し入れや小さい部屋に閉じ込められたり、もちろん普通に殴られたり蹴られたりもした。

私が買った漫画は奪われて先に読まれてしまい、私が買った服は私が着るよりも先に着られてしまい、だけど姉の持ち物を私が使おうとするとめちゃくちゃ怒られ、殴られた。ポケモンの通信対戦で私が勝つと、怒って通信コードを引っこ抜いてデータを無かったことにし、そのあと殴られた。姉が読んでいる雑誌が羨ましくて眺めていたのが目障りだという理由で殴られたこともあるし、もはや特に何もしていないときにボコボコにされたこともあった。あまりに毎日殴られるので、私は「ダンゴムシ」という受け身技を開発した。これは床に丸まって、手足や頭をできるだけ中に入れ込んだ状態のこと。背中を踏んづけたり蹴られたりはするが、服を着ていれば大きなダメージは防げるし、動かない標的は楽しくないらしく、割と早めに飽きて殴るのをやめてくれる日もあった。殴られているときに母や祖母が目にすれば救済してくれるが、うちは親が共働きだった上に無駄に家が広かった。同居していた祖母はほとんど自室にいたから、多くの場合は大人の目に触れず私はずっと殴られていた。あまりにしつこいとやり返すこともあったが、自分から喧嘩をしかけることは一切なかったし、基本的には逃げ、耐えるのみだった。

姉がなぜそこまで執拗《しつよう》に暴力を振るってきたのか、大人になってから尋ねてみたことがある。彼女は「家族内で自分以外に注目が集まるのが許せなかった」「私よりも不細工だから引き立て役にしたかった」「でも自分以外が妹をいじめるのは許せなくて、自分だけがいじめていいものだという独占欲もあった」などと供述《きょうじゅつ》している。本当に気まぐれで、急に優しくしてきて仲良く過ごせるときもあったので、今思えばDV彼氏と似ている。唯一違うのは私が姉のことを全く好きじゃなくて、縁を切れるなら今すぐそうしたいと心から思っていたこと。

小学生の頃、「ダンゴムシ」状態で殴られ続けている私を目撃した母が助けてくれたあと、なぜやり返さないのかと尋ねた。私は「相手にしても意味がない」と答えたらしい。幼い私にとって、姉とは天災か厄災のような、諦めるしかないものだった。他の家庭を知らないから、自分がかわいそうだと思ったことはあまりなかったし、同時に姉への明確な憎しみもあまりなかった。好きか嫌いかで言われれば嫌いで、できるだけ近寄ってほしくないのだけど、天災の類を憎みようがないし、話が通じるとも思っていなかった。生まれた瞬間から姉はいて、私にとって世界とは、日常とはそういうものだった。平穏な日常を知っている人にしか、地獄は理解できないものだ。

幼少期の記憶では、どんなときもトラブルという竜巻の中心は姉だった。姉は十一歳のとき、サッカークラブの練習中に熱中症で倒れて救急車で運ばれ、大人にも子どもにも大変な迷惑をかけた上で「救急車に乗れてラッキー」と言い、周囲を怒らせる。十二歳のとき、学校からの帰り道、トラックに跳ね飛ばされて数メートルも宙を舞い、地面に叩きつけられ救急車で運ばれる。ランドセルがクッションとなって大事には至らなかったものの、「パパとママが血相変えて走ってきて面白かった」と発言し、周囲を怒らせる。十三歳・中学一年生のときは友達と小学校の遊具で二人で遊んでいたところ、土管に姉の厚底ブーツがハマり、抜けなくなった。近所の人の通報でレスキュー隊が来て、遊具を切断し救出された姉はまたもや救急車で運ばれたが、怪我はほとんどなかった。これは次の日、地元新聞に載るほどの事件になった。まだ私はその小学校に通っており、姉のせいで遊具はしばらく使用禁止になったし、同級生から「お前の姉ちゃんがやったんだろ」と言われて恥ずかしかった。私は卒業してまで迷惑をかけるなんてと心から呆れていたが、本人は「ある意味有名人になっちゃった！　ラッキー」と発言し、周囲を呆れさせたのだった。

問題ばかり起こす一方で、姉は周囲に常に愛されていた。明るく社交的で、愛想と愛嬌によって周囲の人に「しょうがねえなこいつは」と思わせる力があったし、「しょうがねえなこいつは」と思って甘やかしてくれる人を見抜く才能がずば抜けている。担任だけでなく生活指導の教師とも仲が良く、「先生～～見逃して～！」の一言で色んなことが許されていた。私は真面目に大人しく暮らしていたが、愛想と愛嬌がほぼなかったので大体の人に絡みづらいと思われており、勉強はそこそこできたのに教師ウケが悪く、問題児の姉よりも内申点が低いことすらあった。それは幼い私に、ああ社会ってクソゲーなんだと気づかせるには十分な材料だった。

その後も姉は台風のように、距離の近さに比例して周囲に多大な迷惑をかけていく。母が苦労して入学させた私立高校にもほとんど行かずに遊び回っており、たまに学校に行ったかと思えば、べったりと濃いギャルメイクにルーズソックス、たくさんのピアスをしていて、校則違反のフルコンボだった。母には毎日のように教師から呼び出しの電話がかかっていた。祖父は姉の目に余る不良行為や自己主張の激しさを見て、「お前は日本にいない方がいい」と言い、高一の姉を夏休み期間、オックスフォードに留学させたりもした。だが祖父の厚意も虚しく、姉はその年の十月に高校を中退する。母や私や周囲の人は勉強が嫌だから辞めたんだろうと思っていたが、姉によるとそれは違うらしい。

「ついにパパとママが離婚するって言うのを聞いて、そうするとうちは母子家庭で貧乏になるでしょ。そのとき私が学校辞めて働いたらドラマみたいでかっこよくない⁉って。ついでにママのためにもなるしさ。あのときは、なんかそうやって悲劇のヒロインぶりたかったの」

正義感ではなくただ悲劇のヒロインぶりたかっただけ、と言ってのける自己認識レベルの高さは、この人の数少ない素晴らしいところだと思う。

「で、そのときは彫り師か美容師の、どっちかになりたかったの。ギリギリまで悩んで美容師になることにした」

「彫り師って刺青《いれずみ》の？　なりたかったの？」

「うん！　高校の休み時間に同級生の腕に手彫りで墨入れてたら、それも先生にめっちゃ怒られた！」

宣言通り、姉は翌年の四月から美容学校に通い始め、十代でできちゃった結婚をし子どもを産み、その後離婚して再婚して、もう一人子どもを産んだ。

姉は昔から見た目への執着が人一倍強く、私の顔立ちやメイクや服などにもずっと口出しされ続けてきた（物理的暴力に比べればずっとマシなので終始無視していた）。そのこだわりを活かして現在は美容家のような仕事をしている。地元ではちょっとしたカリスマらしく、知人がSNSで姉のことを「沼津のアリアナ・グランデ」と書いているのを見た。アリアナ・グランデに失礼にも程がある。

私が今でも姉を苦手なのは、昔いじめられていたという理由だけではない。子どもとは倫理より衝動で動くもので、姉の発達傾向としてそれがとくに顕著なタイプだったのだと思う。加えてうちは両親の喧嘩が絶えない家だったので、行き場をなくしたストレスを私に向けることしかできなかったのかもしれない。私も大人になった今、暴力に関しては「やられた側としては最悪だけど小さい頃の話だし、まあ仕方ないところもあるよね」と思ってはいる。

ただ現在の私が冷静に一個人として姉を見た上で、どうしても、どうしても苦手なのだ。

あらゆる場面で容姿の話ばかりするところ、私からしたらあまりに非科学的な怪しい思想を本気で取り入れるところ、自分に話しかけられて嬉しくない人などいるわけがないという態度、人が自分のために力を尽くしてくれるのは当たり前、力を尽くしてもらう代わりに自分は笑顔と感謝の言葉を与えるから、むしろそれによってその人は幸せになるのだという思考回路、それら全てを人間的魅力に変換している異常なほどの対人能力の高さ……すべてが恐ろしい。

　例えばこれは最近の話だが、姉が怪しげな美容液を手渡してきて、「美肌になるのはもちろん何にでも効く。傷跡に塗れば跡が薄くなるし、薄毛が気になるところに塗れば毛が生える」と、にわかに信じがたいことを宣《のたま》った。私が嫌味っぽく、「二十年前、あなたに鉛筆を刺されたせいでできたこの手術痕も消えるかな」と返したところ、満面の笑みで「消える消える～！」と言ってきた。この人のこういうところを目の当たりにする度に、私はたまらなく怖くなる。


　私が姉に対してあまりに冷たい態度を取るので、経緯を知らない人からたまに「もうちょっと優しくしてあげたら」と言われたり、私が性格の悪い奴みたいに言われたりすることがある。そういうことを言う奴は姉の本当の恐ろしさを知らない。

　私がこれだけ姉の悪事を並べても、おそらく姉はこのページを笑いながらInstagramのストーリーズに上げるのだろう（もちろん無断転載だが、姉に法は通じない）。キラキラしたフィルターをかけて、「ウケる！🤣」「あゆって本当天才！」などと調子のいいことを書くのだろう。姉は私のことが好きだと言うが、正しくは

「（利用価値のある）私のことが好き」なのだ。姉の術にハマっていないのが世界中で一人だけになったとしても、絶対に私だけはこいつを「しょうがねえな」などと甘やかしてはいけない。今の私にできるのは、姉とできるだけ関わらないで生きること、そして姉が周囲に被害を与えそうになったとき、できる限りで止めることだけだ。

ヒョウ柄とゼブラで車を埋め尽くす姉は何かを信仰している

「あんたは赤ん坊の頃から、笑わないし泣かないし、手はかからないけど不思議な子どもでねえ」

これは、母から過去十回以上言われた台詞。当時の私がなぜ笑いもせず泣きもしなかったかというと、自分がどうしてこの世に生まれてきたのかを考えることに、ずっと忙しかったからだ。


気づいたらこの世に生まれていた。

どうやら私は女という性別を持っているらしく、気づいたら名前を付けられていた。気づいたら家族という人たちがいた。気づいたら学校に通わされて、見た目を理由に好かれたり、嫌われたりした。例えばあなたが今、全く別の世界に放り込まれて、名前を勝手に与えられて、宿命なので戦争に行けとか言われたら、いやいやいやなんでだよって思うでしょう。私だって生まれたときからずっと、意味がわからなかった。何一つ、私は選んでいないのに。自己決定権がないまま人間をやらされることへの疑問と反抗をずっと心に宿したまま、半ば仕方なく生きてみることにした。

そんな子どもだったので、社会集団においてはとにかく馴染めなかった。友達は少なかったけれど数人いて、中学生のとき特に仲が良かったのはみおちゃんという女の子だ。

みおちゃんは、美しい。中学二年生とは思えないような大人びた目つきで、すらっとしていて、学校指定のジャージに似合わない整った眉毛に、つやつやした黒髪を持っている。それは生まれ持ったものだけではなく、彼女は美に関してかなりの努力をしていた。努力というよりは、赤ん坊がアンパンマンに執着するように、大阪のおばちゃんの多くがヒョウ柄を着るように、それは自然であり、もはや必然なことであると感じられた。体育の授業のとき、みおちゃんが日焼け止めを貸してくれたことをきっかけに仲良くなった。みおちゃんの日焼け止めは、ビオレの数百円のやつじゃなくて、資生堂ＡＬＬＩＥの一本三千円くらいするやつだった。私はお化粧の仕方も、日焼け止めとスキンケアの重要性も、全部みおちゃんから学んだ。

みおちゃんは、恋愛の話を好まなかった。それよりも美容の話か、美味しいコンビニスイーツの話か、Ｊ－ＰＯＰで感動した歌詞の話か、『エンタの神様』で面白かった芸人の話が好きだった。誰と誰が付き合ったとか、誰それはもうキスまでしたらしいとか、そういうことで盛り上がる同級生を横目に、「なんであんなこと噂するんだろうね」と、気怠い眼をしながら言っていた。私はみおちゃんが好きだったから、うんうんそうだよね、くだらないよねと相づちを打った。当時、みおちゃんと一緒にいることは、私が自分で選んだものだと思うことができた。

私も美容に気をつけるようになって、コンビニスイーツに詳しくなって、aikoの歌詞を聴き込んで、芸人の真似を練習した。それらを披露すると、みおちゃんは喜んでくれたり、笑ってくれたりした。さらに、恋愛で盛り上がる同級生たちについて、積極的に悪口を言った。そのときみおちゃんは、そうだね、と言ってそれ以上あまり喋らなかった。

ある日、私の眉毛を整えてくれるというので、学校帰りにみおちゃんのお家に行った。みおちゃんは、銀色のずっしりした毛抜きと、小さなハサミと、剃刀《かみそり》を丁寧に取り出す。私はいつも、百円で三つ入っている剃刀だけで適当に剃っていたから、さすがみおちゃんだなと思った。みおちゃんの長く上を向いた睫毛《まつげ》をじっと見ていたら、急に針で刺されたみたいな激痛が走り、思わず声が出た。みおちゃんが、私の眉毛を抜いた。みおちゃんは「ごめんね、痛いよね」と言いながら、次々と躊躇《ちゅうちょ》なく眉毛を抜いていく。めちゃくちゃ痛い。その後、何事もなかったようにハサミと剃刀で細部を整えて、終了。鏡を覗き込んだら、全く同じ眉毛の人が二人いて笑ってしまった。毛を抜いたあとの皮膚が少し赤くなっていて痛かったけど、私はそれを誇らしいと思った。

その次の日、突発的な服装頭髪検査が行われることになった。校則では眉毛の手入れをしてはいけないことになっていたのに、私の眉毛は、奇しくも人生で最もきれいな形をしていた。どうしようどうしようと狼狽《うろた》える私に対して、みおちゃんは「校則と信念は別だから」と毅然《きぜん》と答え、毅然としたまま先生に怒られていた。その青い炎のような光を宿した瞳が、今までの人生で見た何よりも美しいと思って、そのとき、私はすべてがわかってしまった。

これが、信念なのだ。信念とは自分で選んだ生き方の塊で、それを持っている人は美しい。信念を貫く過程で、時には他人との衝突を生む。しかし、信念の美しさの前では、他人との衝突など取るに足らないことである。初めて、この世界でどう生きればいいのかを見つけた気がした。

私は私だけの信念を見つけるために、その日からみおちゃんの真似をするのをやめた。

それっぽい土手とかないしサンクスの駐車場にていろいろを誓う

中学三年生の冬は、デリヘル事務所だった部屋に一ヶ月だけ住んでいた。親が離婚する直前で、母は日々父から暴力を振るわれたり、仕事道具を隠されたりしていて、母が知人から臨時避難場所として紹介されたのがその物件だった。ぱっと見は何の変哲もないアパートの一室。初めて訪れた日、内見気分で奥のクローゼットを開けたら、露出の多い女の人がたくさん並んだポスターや、性行為に使うのであろう道具がバラバラと溢れてきて、私は見なかったことにして扉を閉めた。

もともと生まれ育った家は、駅からほど近い場所にある三階建てのビルだった。私が生まれる少し前に父が購入したものだ。一階が美容院、二階が私たち家族のリビングとキッチン、三階が寝室、子ども部屋、そして祖母の部屋。その上は屋上になっていて、知人とＢＢＱをすることもあったし、地元の花火大会のときには屋上から花火を見ることもできた。子どものときはわからなかったけど、今考えると立派な豪邸である。

そんな家で父は毎日せっせとパチンコに行って、母は父の代わりに朝から深夜まで働いていてなかなか会えず、祖母は私たちに母の悪口を言い聞かせ、父が帰ってくると母と喧嘩していた。姉は暇つぶしに私のことをいじめ、中学生になると暴走族の彼氏や友達と毎日遊ぶようになりあまり家にいなくなった。姉の代わりに私は一人で、祖母の悪口や両親の喧嘩を受け止めなくてはいけなかった。十五年も住んでいたのに、私はあの家での記憶があまりない。

元デリヘル事務所のアパートに母と移り住んでから、人生で初めて、平穏な日々が訪れた。

朝はベランダから射《さ》す光で目覚め、テレビを観て他愛もない話をする。学校から帰ると母が出迎えてくれ（私が生まれたときから母はずっと忙しかったので、これはほとんど初めての経験だった）、近くのスーパーで買い物をして、一緒に夕食を作って食べる。できるだけ安い野菜を探すのは宝探しみたいだったし、もやしをいかに美味しく食べるかメニューを考えるのも楽しかった。豆苗の根を切り取って水を入れ、狭いベランダに置いておいたら毎日ぐんぐん育った。スーパーからの帰り道でよく聴いたチャットモンチーの曲を今でも覚えている。

　両親が喧嘩する声も、祖母が息をするように吐く母の悪口も、姉が乗っている暴走族のバイクの音も、ここにはない。元の家のベッドと違い、この部屋の布団はとても薄くて固かったけど、私は久しぶりに熟睡することができたし、こんなに長い時間を母と二人で過ごせるのが本当に嬉しかった。でも母に直接それを言うことは、思春期真っ最中の私にはとても難しい。

「幸せ」って何なんだろう。

　どれだけ仕事が成功したときよりも、どれだけ高価なものが手に入ったときよりも、この言葉を聞いて私が真っ先に思い出すのは、元デリヘル事務所で過ごしたあの日々だ。クローゼットの中身の話は一度もしないまま、私たちはあのアパートを出ることになった。

今日なにがあっても伸びる豆苗と必死で生きる僕たちのこと

元デリヘル事務所のアパートや母の友人の家を転々とした後、親がやっと正式に離婚して、私は名字が「上坂」に変わった。高校入学と同時に、同じ市内にある年季の入った団地に移り住んだ。リビングを兼ねた狭いキッチンとつながっている母の部屋があり、半分をカーテンで区切る形で姉の部屋があった。玄関に入ってすぐの独立した個室は私にあてがわれた。それは母によって、家族の中で私が一番繊細で、一人の居場所が必要なタイプと判断されたかららしかった。

私は当時ロリータファッションを好んでいた。ロリータとはフリルやリボンがちりばめられた、絵本の中の人形やお姫様のように装飾華美なスタイルのことである。新しい部屋には奮発して買った白いワイヤーのお姫様ベッドを置き、さらにその上に天蓋をつけ、赤と白のレースカーテンに、独特なアーチの装飾がついたドレッサー兼作業机、壁には童話赤ずきんちゃんの絵を飾っていた。

母はアジアンエスニックな雰囲気の服やインテリアを好んだ。母の部屋には不思議な柄の敷物、ガネーシャっぽい象の置物、バリ島に行ったとき買ったらしいラタンのような素材（アタというらしい）の棚や箪笥《たんす》が並べられた。

姉の部屋はどぎついヒョウ柄とゼブラ柄で埋め尽くされており、マリファナの図柄の上に「R&B」と書いてあるラスタカラーの敷物が壁にかけられ、湘南乃風や倖田來未の曲が爆音で流れていた（R&Bがかかっていることはほぼなかった）。

三者三様のイデアを表現した部屋が、ボロボロの団地に、ぎゅうっと詰まっている。全然似ていないけれど、全員意志が強く、好きなものがはっきりとあるという意味では、私たちは紛《まぎ》れもなく家族なのだった。


そんな我が家に、いつからか巨体の男性が出入りするようになった。母の知人だという彼は寺島さんといって、女しかいない我が家の引っ越しや買い出し、私の習い事の送迎なども手伝ってくれた。家族で外食する際は寺島さんも一緒に行くことが増えた。優しく頼もしい彼に私も姉もすぐに懐いて、寺島さんを略して「ティマくん」と呼ぶようになった。私が付けたそのあだ名はいつの間にか母や姉にも定着した。

ティマくんは縦にも横にも大きく、トトロのようなフォルムをしている。強面《こわもて》でいつも色付きのサングラスで、両の太ももには龍と虎が向かい合う刺青が入っていた。「ティマくんってヤクザなの？」と私が聞くたびに「ヤクザじゃないよ」と言われていて、「じゃあ何なの」とはなんとなく聞けなかった。

ティマくんとロリータ服を着た私が二人で歩いていると当然めちゃくちゃ目立つので、様々な人に声を掛けられる。それはティマくんが舎弟《しゃてい》と呼んでいる笑顔の若い男性だったり、「兄弟」と呼んでいる笑顔の年配の男性だったり、訝《いぶか》しげな顔をした警官からの職務質問だったりした。確率的には警官が一番多かった。ティマくんは舎弟と会っても兄弟と会っても警官に何度職質をされても、私にそんな格好やめなよとは一度も言わなかった。

あるとき母が神妙な面持ちで、「ママがティマくんと付き合うって、どう思う？」と言った。姉は、いいじゃんいいじゃん！　女一人だと心配だしさ、付き合いなよ！　ていうかもう付き合ってるんだと思ってた！などと矢継ぎ早に感想を述べた。黙っている私に、母は「あゆはどう思う？」と尋ねる。私はその頃、今以上に恋愛というものがまるでわからずにいた。中学時代、告白めいたものをされて形式上付き合ってみた人はいたのだけど、相手から一緒に帰ろうよと誘われても、アニメの再放送を観たいからという理由で一人で帰宅したりして、数日から一ヶ月ほどで嫌になって別れるということを何回かやっていた。自分のことですらそれだったので、親が恋愛をするということがどういうことなのか、母がティマくんと付き合うことで私にどういう変化がもたらされるのか、当時の私には想像も付かなかった。

「よくわかんないけど、付き合ってもいいよ。だって、ティマくんとチューとかするわけじゃないんでしょう？」

齢《よわい》十六にもなって本気でこんなことを言う私に、母は沈黙した。姉は「あんた……それはさあ」とかなんとか、呆れながら私を諭《さと》した。誰も明言はしなかったけど二人の様子をみて、あ、チューとかもするんだな、と心の中で思った。親は親という生き物なのではなく、私と同じ一人の人間なのだなということは、このときに初めて知った気がする。

母はティマくんと正式に付き合い始めたようだった。ティマくんはほぼ毎日我が家に来て、寝食を共にするようになった。

私はますます彼に懐いていた。

マッサージして、とティマくんの前に足を投げ出すと、テレビを見ながら何分でも揉んでくれた。母はティマくんだって疲れてるんだからと嫌そうな顔をしたけど、ティマくんはこんな細い足を揉むくらい疲れないよと言ってずっとずっと揉んでくれた。私は調子に乗って毎日のようにマッサージをさせていた。

ティマくんがベッドで寝ていると、私はすぐさま飛び乗り、『となりのトトロ』のメイの真似をして「あなたトトロっていうのね！」と叫ぶ。そうするとティマくんは口を大きく開けて「トォ、トォ、ロォ〜〜〜」と言う。母と姉が笑う。私はこの遊びをとても気に入って、飽きることなく何回もやらせた。

ティマくんは私のことをとにかく甘やかして可愛がった。もちろん姉のことも甘やかしていたが、姉は友人や彼氏と遊びまくっていたので、時間的には私の方が甘やかされていたと思う。そのため、ティマくんが舎弟と呼んでいる若い男性たちに街で出くわすと、「お疲れ様です!!」と頭を下げられることもあった。柄の悪い男性たちが、制服姿の普通の女子高生に頭を下げているというのは異様な光景で、友達といるときはちょっとやめてほしいなと思った。

あるとき、ティマくんが割と新しい機種の携帯電話を私にくれた。当時のガラケーは同じキャリアであれば、SIMカードを入れ替えると別の機種でもそのまま使うことができた。女子高生だった私は喜んで使っていたのだが、数ヶ月後にティマくんから「あゆちゃん、悪《わり》ィけどあれ、返してくんねぇかな」と言われた。私は疑問に思いながら返却し、以前使っていた機種に再度乗り換えた。後日聞いたところによると、あれは元々ティマくんと近しい間柄の人の物で、なんとその人が殺人容疑で逮捕されることになったため、その証拠品として押収されたらしい。電池パックの裏に女子高生のプリクラが貼ってある携帯は、警察の捜査をさぞや混乱させたことと思う。私は事情を聞いて怖くて震え上がったが、かといってそれに対してできることは何もない。

父の日が近づいたとき、いつもお世話になっているからティマくんに何かあげたら、と母が言った。姉は社交力と愛嬌だけはずば抜けているので、ノリノリでプレゼントを用意していたが、私は用意しなかった。だって、ティマくんは父親じゃない。私の父親は、外面だけは良いがギャンブル依存で母に暴力を振るって養育費を払わずにフィリピンに飛んだあの人で、それはティマくんじゃない。ティマくんはティマくんだ。何かあげるなら彼の誕生日にプレゼントをしたかったから、例年そうしていた。

ティマくんがプレゼントをくれたこともあった。十七歳の誕生日に、「俺、若い子が欲しいもんわかんなくてさ。金運が上がるらしいよ」と言いながらくれたのは、私のおばあちゃんでもギリギリ使わなそうな、ギラギラした金色のフクロウの財布だった。私は照れながらプレゼントを渡してくれたティマくんの気持ちをとても嬉しく思って、お礼を言って受け取った。ただ、友人と遊んだ際にはどうしても財布を見られたくなくて、バッグの中に財布を入れたまま、お札や小銭だけを抜き取って支払っていた。

私は小学生の頃から大学受験が本格化するまで、モダンバレエとコンテンポラリーダンスを教える地元のダンス教室に通っていた。離婚前の家庭にも、学校にもあまり馴染めずにいた当時の私にとって、踊っているときだけが生きていることを実感できる時間だった。月謝だけでなく衣装代やシューズ代もかかるので、母子家庭の我が家にとって安い金額ではなかったと思うが、母はお金について何も言わずに通わせてくれた。

レッスンでは、ボディファンデーションと呼ばれるストッキング素材でできた水着のようなものを着て、その上に白いタイツを穿いて、その上にレオタードを着る。教室の更衣室はいつも混むので、私は制服の下にレオタードまでを全部着てゆき、帰りは汗まみれのレオタードだけを脱ぎ、ボディファンデーションとタイツは着たままで帰宅していた。帰ったらどうせ風呂に入るので、わざわざ替えのパンツを用意するのも面倒だったのだ。

ある日のレッスンが終わり、いつも通りティマくんが迎えに来てくれて一緒に家に帰った。夏だったのでタイツが鬱陶しく、家に着くなりすぐ脱いで、洗濯カゴに放り込む。リビングの椅子にティマくんが座っていて、私は何の躊躇もなくティマくんの膝の上に座った。この行動はいつものことだったから。ただその日はティマくんは少しもぞもぞしてしばらく経ったあと、「あゆちゃん、こっちの椅子に座りな」といって私を退けた。あとで母から「あんた、あのときノーパンだったでしょう。それでティマくんの上に座るから困っていたよ」と言われた。確かにパジャマとかズボンを着た状態で座っていたときティマくんは何も言わなかったけど、あの日は薄い素材のボディファンデーション一枚のみで、その上は制服のスカートだった。

今考えればティマくんのしたことはとても真っ当だったとわかる。本当の親子だったとして、女子高生の娘がほぼノーパンで膝の上に座ってきた場合、まともな父親ならやめなさいと言うだろう。でも、あのときの私はそれが少しショックだった。多分私は、ティマくんの前では小学生か幼稚園児みたいに振る舞い、そのように扱われたかったのだ。それこそ『となりのトトロ』のメイちゃんみたいに。

自分が一人の女性として扱われる存在になっていることを受け入れられない気持ちもあったし、同時に私はティマくんに、かつて自分が幼少期に得られなかった父性を強く求めていた。父の日のプレゼントを贈ることは頑なに拒否したくせに、そういう矛盾した気持ちを抱えたまま、私はティマくんに甘えていたのだ。

高校卒業後、私は東京の美術大学に通うために上京した。初めての一人暮らしをするにあたり、ティマくんは馴染みのリサイクルショップ（彼は『ぼっこ屋』と呼んでいた）に話をつけて、相当な割安価格で私の家具を調達してくれたり、家に不審者が出た際には心配した母と一緒に東京まで来てくれたりした。十代で結婚した姉の結婚式に参列し、本来新婦と父親が歩くバージンロードを一緒に歩いたこともあった。私が大学二年の文化祭でアイドルライブみたいなことをやったときは、母や姉や姉の子どもを引き連れ、わざわざ車で見に来てくれた。ティマくんはその日も相変わらず色付きサングラスに柄シャツ、いつもどおりかなりの強面だったが、トンチキなアイドル衣装の私と一緒に満面の笑みで写真を撮ってくれた。

その後は就活や労働が忙しくなり、ティマくんとはほぼ関わりがなくなった。しばらく経ってから母が彼と別れたことを聞いた。もうすでに会っていなかったし、私は東京で自分の暮らしをするのに手一杯で、特になんとも思わず「あ、そうなの」とかなんとか答え、この話は終わった。

まともに別れの挨拶もしないまま、ティマくんと会わなくなって十年以上になる。その間母には別の彼氏ができたことがあったが、私はその人にはあまり心を開くことができなかった。母はそのしばらく後、また一人に戻った。


つい先日、『カラオケ行こ!』という映画を一人で観た。

原作を読んだときは独特なギャグセンスに魅了され、あの笑いが実写映画でどのように再現されているのだろうと気になっていたのだ。この作品はヤクザである成田狂児《きょうじ》(演・綾野剛)が、ひょんなことから普通の男子中学生である岡聡実《さとみ》(演・齋藤潤)と出会い、カラオケの歌い方を学んだり学ばなかったりする話。聡実くんは当初ヤクザの狂児を怖がっているが、彼の真摯な振る舞いや優しさに触れ、次第に心を開いていく。二人はカラオケ大会のあとやや疎遠になり、大した挨拶もしないまま距離ができてしまう。それでも聡実くんの心には、狂児から受けた優しさや愛が、唯一無二のものとしてずっと残っていた。

観終わったあと、私はちょっと泣きそうになっていた。

聡実くんが狂児に甘やかされるたびに、自分が聡実くんと、ティマくんが狂児と重なった。そしてあれは紛れも無い愛だったのだと、今さら気づいたから。

笑う気満々で観に行ったのに、映画版はギャグというより二人の関係性により重点が置かれていて、さらに映画として素晴らしい出来だったために、変な不意打ちをくらってしまった。この映画はヤクザが恐ろしくないものとして描かれすぎだという批判もあり、それは本当にその通りなのだが、私がティマくんから受けた愛も、また紛れもなく本物としてあった。


感極まってすぐさま母にこの映画を薦めると、早速次の日に観てくれたらしくＬＩＮＥの返事が来た。

「観たよ♪　綾野剛、顔も体型もティマくんと全然違うね（笑）」

それはまあ、そうなんだけど。


ティマくん、今も元気かな。

ロシア産鮭とアメリカ産イクラでも丼さえあれば親子になれる

私の母は海賊である。正確に言うと、限りなく海賊っぽい女性である。実家では基本リビングにどっかりと座り、業務用ウイスキー（５Ｌ）を小脇に抱えてテレビを見ながらガハハと笑う。地元・沼津に友人がほぼいない私とは対照的に、沼津の奴は大体友達、というくらい社交的で知り合いが多い。若い人にたくさん食べさせるのが好きで、姉の友人や東京から連れて行った私の友人などを自宅に招き、大量の酒や料理を振る舞ってくれ、友人たちはいつの間にか皆、母のことを慕っている。

先日久しぶりに母と会ったら、「この間知らない人のあばら折っちゃってさあ」と言われた。うっかり寝過ごしちゃってさあ、みたいなテンションでとんでもないことを言われたので全く事態が飲み込めず、どういうことかと問いただした。母によると、友人が経営している馴染みのバーに行った際、新規の客が酔っ払ってくだを巻き罵詈雑言を吐き続け、店に大変な迷惑をかけていたらしい。母はその客の隣に座ることになり、最初は聞き流したりそれとなく注意をしたものの、彼の悪口は一向に止まらない。ついに我慢できなくなって、おもむろに席を立ちそのままの勢いでその客の脇腹を蹴り飛ばした。客はうずくまり、なんだこの女！とかなんとかブチギレつつも、あまりの痛みに脇腹を押さえて帰ったらしい。次の日彼が病院に行くとあばら骨が折れていると言われたそうで、以後その客が大人しくなったことを、バーの友人経由で聞いたという。その客の態度は確かに問題ではあるが、いやこれ普通に傷害罪だよなと思って、我が母ながら人として普通に引いた。どれだけ嫌な相手でも手を出すのは絶対ダメだよと、小学生に言うような台詞で還暦超えの母に注意すると、「いやでもさ、すっごい綺麗に入ったんだよ。パシュ！って」と自分のキックの素晴らしさを語り続け、あまり反省の色は見られなかった。

今ではジャイアンのような体型の母だが、若い頃の写真を見るに相当な美人だった。腕っぷしの強さは当時から変わっていないらしいが、それも含めて漫画に出てくる女海賊っぽい。母は、ギャンブル依存で女好きでどうしようもない、顔だけは良い父と結婚のち離婚した。女手一つで子ども二人を育てたけれど、私たち子どもには愚痴の一つも言わなかった。色々な意味で彼女よりも強い女性を、私は他に見たことがない。

その日、高校生だった私は家でしくしく泣いていた。

当時の私は世界のすべてを見下しながら生きていた。家庭環境が複雑だったため、同級生に対し「お前らはいいよな、何の悩みもなくのうのうと生きやがって」などと内心蔑《さげす》んでおり、悲劇のヒロインを気取りつつもシンプルに性格が悪かった。進路を決める際、私は「特にやりたいこともないくせに、親に高い金払わせてどうでもいい大学に行く奴らが信じられない。そんなことをするくらいなら、私は高卒で働く」と口癖のように宣った。高卒で働くことは親にも担任にも止められて、それなら、と消去法的に選んだのが美大進学だった。昔から絵を描くことが割と得意で、宿題で描かされた絵が美術教師の目に留まり、「あなたが美大に行かないのはもったいない」とか言われてわかりやすく調子に乗ったのだ。ごく普通の公立高校に通っていた私は、美大に行くという決断をすることで、同級生に対してお前らとは違うんだよというパフォーマンスになるとも思った。狭い世界で何重にも自意識をこじらせた上、完全に芸術を舐めているのがヤバすぎるけど、当時はそこまでしないと、世界に自分の居場所が持てなかったのだと思う。

美大に入るには美術予備校と呼ばれる場所に通わなくてはいけないことを知り、毎日毎日、学校が終わったあと十七時から二十二時頃まで、受験対策としてのデッサンや平面構成といわれる課題に取り組んで、土曜日なんかは朝から夜まで絵を描いた。その日の課題が終わると、講師が予備校の壁に上手い順に絵を並べ、切れ味が良すぎるナイフのような講評を始める。予備校の日々は本当に体力と気力を必要とするもので、こんなに大変だったとは……と入ってみて思ったが、課題が大変であればあるほど「自分は同級生とは違う、創作の苦しみを味わっているのだ」という変な愉悦《ゆえつ》にも繋がっていた。

そんな日々を過ごす中で、平面構成の課題が出されたある日のこと。たまたま調子が良かった私は早々にアイデアと構図を決め、誰よりも早く描きあげた。しかし講評の時間になって、壁一面に皆の作品が貼られたとき、「あっ」と声が出た。他の生徒のアイデアと構図が、私のものと全く同じだったのだ。対象の形や陰影を正しく表現する力が問われるため、アイデアが被ってもそこまで問題ではないデッサン課題に対し、平面構成課題は主に発想力を問われているため、アイデアや構図が似通ってしまうと致命傷である。さらに、その子の作品の方が壁の右側の方に貼られていて、それはつまり、相手の方が高評価であることを示していた。今考えればそこまで革新的なアイデアではなかったから、たまたま似てしまっただけかもしれないけれど、そのときは「絶対に真似されたんだ」と信じ込むほどには、精神が追い詰められていた。

親が離婚した。その事実を当時はきちんと受け止められずにいた。名字や生活環境だけがどんどん変わっていき、私はそれを紙芝居か何かのように傍観している。姉は暴走族の恋人との付き合いを深めて日々問題を起こし、自分は自分で学校の誰とも上手く馴染めず孤独だった。さらに美術予備校のハードスケジュールをこなすことと、容赦のない実力主義による評価を受けることが重なって、受験期の私の精神を強く蝕《むしば》む。しかし当時の自分は、それが異常な精神状態であることすら自覚できない、無力な一人の子どもだった。

予備校が終わり、家に帰って泣いた。他の生徒に構図がパクられ、彼の方が高評価を受けたという、それだけの出来事で心のダムが決壊した。それまで私はあまり笑いも泣きもしない子どもで、今まで感情が乱れたときも、それをできるだけ人前に出さなかった。だから家までは我慢したのだけど、離婚後に引っ越した狭い団地の部屋では、どうやっても母に泣いているのがバレてしまう。母はその日もソファーにどっかりと座り込んで酒をあおっていた。テレビでは『エンタの神様』が流れている。なんで泣いてんのと言われたので、私は予備校での一部始終を伝える。話せば話すほど負け際のテトリスのように悲しみがどんどんのしかかってきて、顔全体に熱い液体が集まっているのを感じる。目線はテレビに向けたまま、静かに私の話を聞いていた母が言った一言は、「うるせえ、ピーピー泣くな！」だった。

てっきり慰めてくれると思っていたので困惑する私をお構いなしに、「こいつを見ろ！」と言って、母はテレビを指差す。テレビの中で芸人の狩野英孝《かのえいこう》が、「ラーメン！　つけ麺！　僕イケメン！」と叫ぶ。母はコップに残っていた酒をぐいっと飲み干した。

「こいつなんてたいしてイケメンでもないのに、こんなに明るく頑張ってるだろ！こういう奴の方が気持ちがいいだろうが‼　お前も狩野英孝になれ！！！」

意味がわからなすぎて、私の心の中に突風が吹いた。それは、ぐしゃぐしゃした感情を全部吹き飛ばすほどの暴力的な風だった。

「なんで狩野英孝にならないといけないのぉお」と鼻水まみれの顔で怒ったけど、自分でも言いながら笑ってしまった。不本意ながら、涙はもう止まっていた。

私の父は離婚後の慰謝料も、養育費もほぼ払わず、というか逆に私と姉のお年玉貯金を奪ってその金でフィリピンに飛んだ。そんな貧しい母子家庭にもかかわらず、母は美術予備校だけでなく、普通の大学よりもかなり金がかかる私立美大に進学させてくれた。人を頼るのが苦手な母が私を進学させるため、祖父をはじめ様々な人に頭を下げてくれていた事実は、大人になってから知ったことだ。今考えればあのとき、母の方がずっとずっと不安だったと思う。「ピーピー泣くな、明るく頑張れ」というのは、母が自分自身に言い聞かせている言葉だったのかもしれない。

数年経ってから、母に「あのときなんで狩野英孝になれとか言ったの?」と聞いてみると、「酔っ払ってて覚えてない」とガハハと笑った。まあでも、他人を見下すことで自分の居場所を得ていた当時の私よりも、真っ直ぐに自分を表現する狩野英孝の方が、たしかにずっと健やかでかっこいいよなと思った。

ルフィより強くてジャイアンよりでかい母は今年で六十になる

かつて、場末《ばすえ》のメイド喫茶でアルバイトをしていた。その頃はもうアキバブームという言葉が死語になりつつあって、ブーム時に乱立したコンセプトカフェやバーなどがどんどん消えていった。私のバイト先はそんな時代でも細々と生き残り、それなりの固定客を得ている店だった。店のオーナーは、メイド喫茶というよりもキャバクラ経営が似合いそうな強面の人で、実際グレーなルールや方針も数多く存在していた。店内は換気が悪く、フロアにもスタッフルームにもタバコの臭いが染み付いている。パステルカラーに塗られた壁や床は黒ずみや傷がたくさんついていて、いくら拭いてももう綺麗にならない。当初はしっかりしていたであろう世界観の設定も、もはや綻《ほころ》びがあることが前提となっており、ホールスタッフがメイド服を着ていることと、客が入店したときに「おかえりなさいませ（＝ご帰宅）」、店を出るときに「いってらっしゃいませ（＝お出かけ）」という掛け声をすることだけが、唯一メイド喫茶としてのアイデンティティを保っていた。地理的には都心部に位置していたが、その店は色んな意味で「場末」という言葉がぴったりだった。

同僚で最初に会ったのはいちごさんだ。百五十センチにも満たないくらいでかなり小柄な彼女は、茶色に染めたロングヘアーをツインテールに結い上げ、テンションの高いアニメ声で接客をする、まさに絵に描いたようなメイド像を体現している。裏のスタッフルームで一緒になってふいに年齢を聞かれたとき、私が十八ですと答えると、「若いんだねぇ……」と、意外と低い地声で感想を言われた。会話はそれだけだった。その後、いちごさんがこの店の最年長で、他の女性スタッフとほぼ会話をしない一匹狼であることを、別のスタッフから聞いた。

次にシフトに入ったとき、私は新規客の接客をしていた。多くの水商売がそうだと思うが、ほとんどの常連客には推しの女の子がいて、その子のシフトを狙って来店するため、常連客のテーブルにつくのはなんとなく気まずい。また、常連客とは世間話や身の上話が多くなるのに対し、新規客はテンプレート的な会話だけで済むから楽だった。ただ、その日の新規客は少し様子が違って、個人情報を踏み込んで聞いてこようとしたり、フロアを見渡して他の客のことを嘲《あざけ》るように笑ったりした。私が心を無にしてマニュアル通りに「美味しくなあれ♪　美味しくなあれ♪」とかやってたら、後ろから「初めまして〜！」という明るい声がする。先輩メイドのらいとさんだ。そのテーブルにはらいとさんがついてくれたので、代わりに私は空いていた常連客につくと、「らいとちゃんはベテランだから。ちょっと口悪いしヤンキーっぽいけどね」と、常連客が嬉しそうな声で言う。その少し自慢げな言い方と、熱っぽい眼差しから、私はこの人がらいとさん推しであることを察した。その後らいとさんとすれ違ったとき、「新人は新規につかなくていいから。ヤバい客もいるし」とぼそっと囁かれた。そうしてすぐさまテーブルに戻るらいとさんの背中は、百戦錬磨の武士のようで、私は彼女を推したくなる気持ちが少しわかった。

いちごさんやらいとさん以外にも、店には常時二十名ほどのメイドが在籍しており、一日のシフトはそのうち五、六名で回すことになる。私が働いていた約二年半の間にも、たくさんの女の子たちがメイドになっては抜けていった。初日で飛んでしまう子もいたし、出勤のたびにキスマークを付けてきて厳重注意を受ける子もいたし、リストカットの跡が日に日に増えていく子もいた。ただ、メイドたちの間では妙な連帯感があった。誰の方が可愛いとか、誰の方が人気がある、みたいなヒエラルキー意識はうっすらとあったけど、いじめとかひどい陰口とか、そういうことはなかったと思う。私も含めて人生に何らかの問題がある子が多かったから、いじめなんて非生産的なことをする余力はなく、私たちは東京で、日々を生き抜くのに必死だった。店外で彼女たちと話すのは、多くがご主人様（＝お客さん）の愚痴か、未来の仕事や結婚や出産などの人生の話だった。タバコ臭さをピンクのハリボテの夢で包み込んだあの店は、生きづらい私たちの地下シェルターのように存在していた。

常連客にも様々な人がいた。一番多いのはいわゆる普通のサラリーマンという感じの人で、大体の人には熱心に推しているメイドがいた。推しのシフト時間内はずっといてくれるので、店としてもとてもいい客だったと思う。推しメイド以外にも優しく、常識的な楽しい会話をしてくれたし、身なりも清潔感があって本当に普通の人に見えた。でもある人は、特定のメイドとのチェキを毎回必ず撮ってその数千枚に達しようとしていたり（チェキ一枚で千円弱かかるので、チェキだけで合計百万円弱）、またある人は、長野に転勤になったにもかかわらず、推しメイドのために片道四時間かけて毎週末ご帰宅したりしていた。普通のサラリーマンと思っていたら、生活保護を受けていてそのお金でメイド喫茶に通っている人もいた。彼らは皆、いつか推しと付き合えることを本気で夢見ていた。私はそのとき、普通の人ほど純粋に狂ってしまうことがあるんだなと思った。

ご主人様は、店内では基本ニックネームで呼ばれる。その中にケビンさんという人がいた。日雇いで警備員の仕事をしているため、「けいびいん」が短縮されて「ケビン」になったらしい（日本人である）。ケビンさんは顔や手が真っ黒に日焼けしていて、数日洗ってない風なボサボサした黒髪で、前歯が数本なかった。席につくといつも、いかに金がないか、彼女ができないか、仕事がつらいかみたいなことを一人でずっと話している。まあでもそれだけで特に害はなかったので、メイドたちはふんふんと適当に話を合わせてやり過ごしていた。

ある日、シフトが終わったあと近くで買い物をして、店の近くを通りかかった私は、店から出てきたケビンさんとばったり会ってしまった。冬の夜、遅めの時間だったので、ちょうど周囲にあまり人気《ひとけ》がない。外界に放たれたケビンさんは、店内で見るよりもずっと「ヤバい人」感が増していた。気づかないふりをして逃げたかったが、もうばっちり目があってしまった。ケビンさんは「おう、おつかれ」と言い、おもむろに店の前にあった自動販売機でコーヒーと紅茶を買った。そして「どっちがいい？」と言われ硬直している私に、無言で温かい紅茶を投げる。このままどこかに連れて行かれるかもしれない、そうでなくても店外デートに誘われてしまうのでは……と警戒しまくっていると、「いやあ、今日も楽しかったよ。ここにいるときだけが楽しいな、人生」と、ケビンさんは歯のない笑顔を見せて、そのまま駅に向かって去っていった。真冬の夜、私の手の中で、ケビンさんが買ってくれた百五十円のペットボトルだけが温かい。多分、私に不用意に触れないように、投げて渡してくれたんだろう。ケビンさんがこのお店に来るために、一生懸命働いて、生活を切り詰めていたことを知ったのは、もっとあとのことだった。

二年近く在籍し、私もベテラン枠に入ってきた頃。長時間のシフトを終えて疲れ切った私たちは、たまのご褒美として激安焼肉店「安安《あんあん》」で、薄く伸ばしたゴムのような牛タンを食べていた。らいとさんが半ば無理やり誘ったおかげで、今日は珍しくいちごさんも一緒だ。らいとさんはいちごさんに「いちごちゃんさあ、なんでご主人様には超優しいのに、女に対してあんなキツいの？」と右ストレートパンチのような質問を投げかける。いちごさんは「だって……怖いんだもん」と、心細そうに答え、私とらいとさんは爆笑した。店であんなに恐れられていたいちごさんも、私たちと同じ、ただの生きづらい一人の女の子だったということがわかったから。

その日も皆で人生について話していて、大学三年になろうとしていた私は、そろそろ就職活動のためにバイトを辞めることを考え始めていた。「大学出たら、何の仕事しようかなあ」と言う私に、「お前なら何でもできるよ。絶対に、絶対にそうだから」らいとさんは真っ直ぐ眼を見て言った。いちごさんも「そうだよね。アユミちゃんなら、きっとどんな仕事だってできる」と、恥ずかしいのかこちらを向かず、前を向いたままで同調してくれた。

あとから気づいたが、メイドたちは多くが高卒か専門学校卒のフリーターで、大学生は少なかった。らいとさんもいちごさんも同様に、フリーターとしていくつかの仕事を掛け持ちして働いていた。私より大人だった二人は、自分よりも選択肢が開かれている大学生の私の無邪気な話題に、本当は何を思ったんだろう。

あの頃の私は、安安以外の焼肉の味も、人の言葉は必ずしもすべてが本心ではないということも、あるいは世界のすべてについて、何も何も知らなかった。自分が何も知らないということにすら、割と最近になってから気づいた。それでもあの日二人がくれた「何でもできるよ」は、ハリボテじゃない本当の気持ちだったと思うのだ。

ちなみにらいとさんといちごさんは、今やそれぞれ三人の子どもを持つママになった。しかも二人とも、当時の常連客の一人と結婚した。叶う夢って、意外とあるもんだなと思った。

メイド喫茶のピンクはヤニでくすんでて夢なんて見ない自由があった

大体の人間は、二十五歳でようやく人間に成るのではないかと思っている。少なくとも私はそうだった。社会に出て働いて、自分の特性を客観的に知り、どうやって世界に存在してゆけば良いのかがある程度見えてきたのは、二十五歳前後のことだった。

美術予備校に通っていた頃、とある女の子からめちゃくちゃ嫌われていた。仮にAちゃんとする。心当たりが無いわけではなく、当時の私は空気が読めない上にプライドは高く、社会集団においてかなり問題のある振る舞いを常にしていた。その割に異性からはある程度人気があったようで、Aちゃんと交際している男の子がかつて私のことを好きだったことも影響していたのかもしれない。

美大受験が終わり、私とAちゃんとその彼氏の三人だけが、同じ大学の同じ専攻に通うことになった。私たちが通っていた美術予備校からは合計三十人ほどの生徒が複数の美大を受験したにもかかわらず、よりによって変な巡り合わせが起きてしまったのだ。入学後、カップルに割って入るのは普通に気まずいので私は二人と距離を取り、人見知りがちな性格だったためそのまま一人で過ごすことが多かった。社交的だったAちゃんはすぐにクラスに馴染み、なんと私の悪口を学年中に流布《るふ》しまくっていた。このことは同じクラスの子に言われて初めて知った。実際に聞いたわけではないがさまざまな罵詈雑言の中で、例えば「水商売みたいなバイトしやがって本当に下品だ」というようなことを言っていたらしい。確かに母子家庭の苦学生だったこともあり、奨学金を満額借りた上でメイド喫茶やイベントコンパニオンなど、水商売的なアルバイトを私はしていた。それは普通の飲食店などに比べ割が良く、そのお金で家賃や生活費、制作費などを賄《まかな》っていたのだ。一方Aちゃんは幼稚園の頃から私立に通っていたほどのお金持ちで、実家の太さを自慢するような振る舞いも度々見受けられた。そんなAちゃんだけには、下品だなんて言われたくなかった。

お金がないのは私のせいじゃないし、お金があるのもAちゃんのおかげじゃないのに。せめて目の前で直接言ってくれたら言い返すこともできたのに。悔しい。悲しい。悔しい…………どろどろした赤黒い感情で胸がいっぱいになった。

それと同時に学年中が私のことを嫌っているんじゃないかと思って怖くなってしまい、大学一年次はほとんど学校に行かなかった。

実家に帰省したとき、どんな勉強をしているのかと尋ねてきた母に学校で使っていたノートを見せたら、あまりのスカスカぶりに「……これだけかあ」と言われた。そのときの横顔があまりに悲しそうで、無理して私立美大に通わせてくれた母の気持ちを考えると、さすがにこのままではいけないと考えを改めた。

絶対に落とせない必修授業を中心に、二年次から徐々に学校に行き始めると、当然同級生と会話することが増えて、プライベートで遊ぶような子もできた。クラスの子に「Aちゃんが私の悪口言ってるの聞いたことある?」と尋ねてみると、「ああ、よく言ってるよね。でもあの子もあの子で思い込み強そうだし、皆聞き流してるし、そんなに気にすることないよ」と言われた。そうか。よく考えれば、そんなに目立たないクラスメイトの悪口なんか、皆にとって特に関心のあるテーマでもないだろう。そんな話を脈絡《みゃくらく》なく突然並べたてれば、どちらかと言えばAちゃんの方が変な人だと思われてもおかしくない。冷静に考えればそうに決まってるのに、なんで私はあのとき真正面から傷ついていたんだろうと、馬鹿らしい気持ちにすらなってきた。

急に勇気を得た私は、なんで私のことがそんなに嫌いなのか知りたくて、友人経由で面会を申し込んだ。が、拒絶された。これによって確執《かくしつ》が決定的なものとなり、入学してから卒業するまで、そして今現在に至るまで、一言も会話しないままになってしまった。本当は卒業式のときにAちゃんのところに行って「一発殴らせてくれ。そしてまだ憎んでいるなら私のことも殴ってもらっていい。お互い、それで終わりにしよう」と言うかどうかギリギリまで悩んだが、Aちゃんの実家の太さを思い出し、殴ったら彼女の親から訴えられたりするかもなとビビってやめた。

大学を卒業してからもAちゃんに対するモヤモヤは残ったままで、当面の人生目標は「お金をたくさん稼いで社会的に成功して、Aちゃん含む金持ちの奴らの鼻を明かすこと」になった。私が通っていた美大のデザイン専攻では、大手代理店のアートディレクター職こそが花形だというイメージが強く、そういう理由のみでとにかく代理店に入りたいと思っていた。

新卒採用のときは就活の途中で自分にデザインが向いていないことに気づき、アート職から総合職に急に路線変更したこともあって大手には入れなかった。とりあえず私を採用してくれたＰＲ会社に営業職として入社し、業界のいろはを身につけつつ代理店への転職を虎視《こし》眈々《たんたん》と狙っていく戦略を取った。大手代理店は、転職エージェント経由で真正面から受けると契約社員からスタートしなければならないことが多く、また希望の部署に配属されるかわからない。だから知人の紹介で入るのが良さそうだと仮説を立て、業界の動向やトレンドは誰よりも熱心に勉強しつつ、業界の知人を増やすため、社外勉強会や行きたくない飲み会にもたくさん参加した。そして社会人になって四年目の春、プランナーという職種で総合広告代理店に勤めることになった。この頃には同世代平均よりも多くの年収を稼ぐようになっており、調子に乗って代官山のヴィンテージマンションで暮らしたりした。はいどうですか～！　Ａちゃん見てますか～～～！！！？？

そうして念願の代理店に入社した当日。直属の上司が、同じチームの男の子と三人でのランチに誘ってくれた。会社の近くのカフェバーみたいなところでハンバーグをつついていたら、男の子が私に対してこう言った。

「上坂さんって、お箸の持ち方変わってますね」

私が入ったのは外資系の代理店で、裕福な家庭に育った帰国子女みたいな人がすごく多かった。その男の子も幼少期はシンガポールで過ごしていたらしい。だからお箸の持ち方を指摘されたとき、私は瞬時に「攻撃された」と思った。別に言うほど風変わりな箸の持ち方でもなかったので、これは「あなたは貧困家庭の出身ですね」という意味なのだと。

私は湧き出る恥ずかしさと悲しみを押し殺しながら、嫌味っぽくこう言った。

「……あなたと付き合う人は、チェックが厳しくて大変そうですね」

それを見ていた上司はすぐさま、「そういう意味じゃないでしょ。別に変だとかいう意味じゃなくて、思ったことそのまま言っただけなんじゃん？」と男の子に言った。彼は「あ、そうです。すみません、変な話して」とすぐに謝ってくれた。上司がわざと軽い感じで言ってくれたおかげで、必要以上に変な空気にならず会話は続き、その後も彼は、目に入ったもの、思いついたことを無邪気に話しつづけ、上司は優しくツッコミをいれたりいれなかったり、共感したりしなかったりしていた。

その様子を見ていると、彼が私のお箸の持ち方を指摘したことに本当に他意はなく、彼は気づいたことを全部言う人で、しかもそのちょっと不思議な感性や独特の空気が周囲に愛されているのだということが伝わってきた。むしろ私と初対面で話題があんまりなかったから、何か話しかけようとしてくれただけかもしれない。この場において周囲の人が敵だと思っているのは私だけなんだと気づき、皆が楽しくピクニックしているところに一人だけ全身武装して現れたような気持ちになって、さっきよりも強い恥ずかしさを感じた。

上司は誰よりも多くの仕事量をこなしながら、疲れやストレスを表に出さず、あらゆる人に寛容だった。

飲み会で誰かが誰かの悪口を言っているときは、否定も肯定もせず黙って聞いている。だけどマンツーマンのとき、例えば私が上司と二人の会議でそういうことを言うと、「あの人はああ見えてプレゼン力すごいあるからな〜」などと、しれっと相手のフォローをする。おべっかとか偽善とかではなくて、心の底からそう思っているような言い方で。

同様に、私の変な攻撃性も、空気を読まないところも、上司はずっと個性だと認めてくれ、「俺にはできないスタイルの仕事ができていてすごい」と評価してくれた。今まであらゆる集団で浮き続けてきた自分の攻撃性を、こんなにあたたかく受け止めてもらったのは初めてのことだった。

広告のようなクライアントビジネスをしていると、社内会議ではさんざん悪口を言うくせにいざ顧客の前に出るとへこへこするだけの人ってすごく多いけれど、上司は必要のない悪口は一切言わない。だけど明らかに不条理なことを言われたら、相手が誰でも、毅然とした態度で真っ直ぐ立ち向かっていた。こちらに正当性があったとして、私が言ったら顧客の怒りを買いそうな主張でも、彼が言うと、なぜか「確かにそうだよなあ」みたいな空気が流れる。

当然、彼は社内外問わず大きな信頼を寄せられていたが、全く偉そうに振る舞うことはなかった。自分自身が、そしてチーム全体がより居心地がよく働けるように、常に努力を欠かさなかった。

上司の下で働く中で、今まで自分はなんて徳の低い生き方をしていたんだろうと、さすがの私も気づいた。

彼と出会うまではこの世はすべて勝つか負けるかで、こんな世界で生きていくには多少他人を傷つけることなどやむを得ないことだと思っていた。だって世界は全員敵なのだから。

でも、それは大きな誤解だった。

どれだけ殺傷力の高い武器を構えることよりも、どんな他者でも受け入れる心や真の意味での優しさが、社会においては一番強い。道徳の教科書で散々目にしたはずの「思いやり」という、なんだかよくわからないぬるぬるした言葉を、生まれて初めて自分ごととして捉えるようになった。

上司と出会って、本当の意味でかっこいい、優しい人になりたいと思った。
すべての物価が高くてやってられない代官山のマンションから、東高円寺の古いけど日当たりのいいボロマンションに引っ越した。ちゃんとした人に見られるためだけに買っていたコンサバ服を捨て、自分が好きな服だけを買うようになった。六年勤めた後、上司が転職したのをきっかけに、広告代理店を辞めた。現在の年収は今までの社会人人生の中でいちばん低くなったけど、あの頃の自分よりも今の自分の方がずっと好きだ。

もし、今Aちゃんに会ったら、前よりずっとずっと優しくできると思う。私もあの頃はごめんね、って言えると思う。ただまあ、やっぱり一発ぐらいは殴らせてほしいけど。

水商売なんてしやがってと金持ちのあの子に言われてからの人生

我が家は美容院を営んでいただけあって、父も母も社交的だった。いつも明るく細かいことでは悩まず、友人知人が多く常に人に囲まれている。同じく明るい性格の姉は、両親以上に目の前の人の機嫌を取るのが天才的に上手く、問題行動ばかり起こす一方でどこでも話題の中心にいた。

私は、家族の中で一人だけ内向的な性格だった。色々なことを考えすぎるほど考えて、宇宙ってどこまで広がってるんだろうとかいうことを考えて眠れなくなることがよくあった。母や姉に尋ねても、「そんなこと考えたこともない。あんたって変な子だね」と言われて会話が終わる。テキパキ動いてハキハキ喋る家族の中で、一人だけ行動が遅く、考えたことを言葉にするのにも時間がかかってよく怒られた。それに家族はみんな太くて真っ直ぐな髪質なのに、私だけ細毛でくるくるの天然パーマだった。

母も若い頃はそれなりにヤンチャしていたため、姉に対して「問題ばっか起こすけどまあ若いからな～」という感じである程度の理解があった。一方、母と真逆で繊細な性格の私に対しては、どう接していいかわからない場面が多かったと思う。実際、私から見て父や母や姉らは自分とあまりに違う宇宙人のようで、どうすればいいかわからなかった。ただ、家族という集団の中で、自分だけが異物であるということは明確にわかっていた。

多くの十代にとっては、家庭と学校が世界のすべてだ。家庭でも孤独で、学校で皆と馴染むことができなかったため、私は世界のどこにも自分の居場所がないように感じていた。マジョリティに迎合できなかった人間は、マジョリティを憎み反対の立場を取ることで、なんとか自分の居場所を得ようとすることがある。だから「家族と真逆に生きる」ことがいつしか私の生存戦略となり、同時にアイデンティティでもあった。

我が家では、細かいことで悩まない明るい性格がマジョリティで、交友関係が広いのがマジョリティで、恋愛に興味があるのがマジョリティだった。だから私はもともと内向的だった性格に拍車がかかり、クラスメイトに話しかけられても素っ気ない態度を取り、一人で小説を読んだり、ニコニコ動画を中心としたインターネットに没頭した。色恋の話ばかりで盛り上がるクラスメイトに軽蔑の眼差しを向け、ますます友達を減らしていった。授業が終わって家に帰ると、我が家の一つしかない子ども部屋では今日も湘南乃風が流れていて、姉は友達とギャーギャー叫びながらタオルを振っている。世界は今日も最悪だ。私はそれを遮断するようにイヤホンを耳に詰め込んで、椎名林檎やボーカロイドを聴き、なんとか心の居場所を保とうとした。

我が家では、刺青を入れている方がマジョリティでもあった。私が小学生の頃、母が足首に鳥の刺青を入れたのだ。刺青が入っていると多くの入浴施設に入ることができないため、母と頻繁に通っていた大型スパ施設を入浴途中で追い出されたこともある。その後姉も、左胸の上部に王冠を被ったライオンの刺青を入れた。十代で産んだ長女に「りおん（Lion）」と名付けたことに由来しているらしい。当初は別案で、「蓮」と名付けて蓮の花の刺青を入れようかなとも言っていた（どうやら漫画『NANA』を読んだなこいつ……と思ったことは覚えている）のだが、なぜ子どもが生まれることと刺青を入れることがセットなのかというところから私には理解が難しかった。姉はその後さらに腰の部分に大きな翼の刺青を追加した。ライオンも王冠も翼も心底だっせえと感じ、自分だけは絶対に刺青をいれないぞと誓った。

父は働かず浮気とギャンブルばかり、さらに母への暴力を振るうなどしたため、私が中学を卒業したのを機に両親が離婚することになった。養育費を払うどころか子どもの貯金をすべてかっさらって、父はフィリピンに飛んだ。そちらに女がいたのか借金取りから逃れるためなのか、本当の理由は今でもわからない。両親の離婚後は、私の父に対する感情が明確に悪意に変わり、家族、中でも父が好んでいたものを忌避するという性質に拍車がかかった。

父が好きなものといえば、ギャンブル・女・タバコ。

両親ともヘビースモーカーで、我が家にはいつもタバコの煙が揺蕩《たゆた》っていた。姉は地元のヤンキーと付き合っていたせいか、十代の頃からタバコを吸っている様子を度々目にしていた。他のトピックに比べて批判する理由がもっとも見つけやすすかったので、「タバコなんて身体に悪いし周囲にも悪影響があるしお金がかかるし、なんで吸うのかほんと意味わかんない」と、聞かれてもないのにバイト先で言いまわった。ものすごい嫌煙家だと思われていたと思う。

家族のほとんどが高卒だったため私は四年制大学に進み、実家が自営業だったので会社員になり、気づけば二十五になっていた。それまでがむしゃらに働いていたので、やっと金銭的にも時間的にも余裕が出てきた。そろそろ新しい趣味を始めてみようかと思ったところで、ふと気づいた。自分の好きなものがわからない。今までの私は家族が好きなものを憎み、忌避し、それと真逆の位置にありそうなものを「好き」ということにしてきた気がする。漫画や文学にインターネット文化、演劇やコンテンポラリーダンスなど、自分なりに好きだと思っていたものはいくつかあったけど、それらも家族へのアンチテーゼや逃避先として有用だっただけかもしれない。

私は、自分にかかった呪いと向き合うことにした。

家族の逆張りではなく、自分が自分らしくいる状態を目指そうと決めた。

生まれてはじめて交友関係を広げようと思い立ち、知らない店に飲みに行ったり、マッチングアプリで友達を作ったりした。出会った人の話を興味深く聞き、相手の考えを受け入れようと心がけたところ、知人が知人を紹介してくれることも増え、友達が爆増した。もちろん合う人も合わない人もいたけれど、「この人に恥じないような自分になろう」と思えるほどにかけがえのない存在も何人か得ることができたし、いくつかは恋愛関係にも発展した。今までは一匹狼を気取っていたが、私って結構寂しがり屋で、人と一緒にいる方が好きなんだなと自覚するに至ったのもこの頃だ。本当は一匹狼の方がかっこいいなという気持ちは正直まだあるが、これが自分らしい自分なのだから仕方ない。

目の前の友達に笑っていてほしいと思ったとき、ぐちぐちと自分の闇に浸っている場合ではないので、当社比で性格がやや明るくなり、細かいことであまり悩まなくなった。会社やプライベートでしんどいことがあると、すかさず十代の頃を思い出すようになった。孤独で居心地の悪い教室に閉じ込められ、意味もわからずxの値を解かされていた頃の自分に比べたら、今の苦しみなんて全然大したことじゃないと、心から思ったのだ。

二十七歳になった頃、とても格好良くタバコを吸う人に出会った。彼女が煙をくゆらす度、空間や時間そのものをスロー再生して味わっているかのような仕草に私が見惚れていると、一本勧められた。父や姉によってタバコは堕落した人間が吸うものと長年思い込んできたが、そろそろこの呪いを解くタイミングなのかもしれない。生まれて初めて吸ってみると、しんと身体に馴染んでいくのがわかった。「すごいね、初めてでしょ？　私も最初はものすごい咳き込んだけどね」と笑いながら言われた。

しばらくは貰いタバコをたまにするくらいだったが、あっという間にヘビースモーカーになった。吸うことで心が落ち着いたり、頭が冴えたりという具体的な効果はさておき、私は心からタバコが美味しいと思っている。特に甘いものやコーヒーとの相性が最高だ。今ではタバコなしには生活ができなくなり、私の誕生日（八月二日）を知った友人に「ヤニの日生まれだ」と言われるほどの愛煙家になった。

母と姉は数年前から電子タバコに切り替えた。紙タバコに比べ臭いや周囲の健康被害が少ないとされており、接客を生業《なりわい》とする二人が電子タバコを選ぶのはまあ理解できる。実家に帰った際、私が紙タバコを吸っていたら「くっさい！　煙こっちにかけないで」とかなり強めのブーイングを食らった。生まれてから十数年にわたり副流煙に耐えてきたのに、これはさすがに不条理が過ぎると思う。

誰かの逆張りをしなくても、誰かの好きなものを貶《おとし》めなくても、この世界がだいぶ生きやすくなってきた二十九歳のある日。父が亡くなった。奇《く》しくも母の還暦の誕生日だった。午前十時五十分頃、姉から来た訃報《ふほう》の電話に「へー」とだけ答え、十一時からの会議にそのまま出席した。

私は父への悪意や怨念があまりなくなっていることに気づいた。というか、なぜ恨んでいたのだろう？

生まれてから中学生頃までずっと、私は姉から不条理な暴力を振るわれていた。だから今でも姉のことは苦手だ。だが父からは暴力を振るわれていたわけでもなければ、人格を否定されていたわけでもない。親の喧嘩を日常的に目の当たりにするという精神的負荷をのぞけば、実は私自身に被害はそこまでなかった。もしかして、母を苦しめた父を恨むという、一見正しそうなポジションを取ることで、この世界に居場所を得ようとしていたのかもしれない。

スマホで「パチンコ屋」を検索したのは生まれて初めてのことだった。たくさんのパチンコ屋がずらっと出てくる中、その一つに入店する。耳を壊しそうなほどの騒音、かつてパチンコ屋から一向に帰ってこない父を迎えに行ったとき、母の背中で何度もこの音を聞いた。父が好んで打っていた『CR海物語』の台の前に座ってみる。銀玉が釘によってバラバラと方向を変え、いくつかが狙った穴に落ちた。父が起きている時間の大半を費やしていたパチンコというものが、こんな子どものおもちゃのような仕組みだったなんて、なんだか無性に可笑しい。ぼーっと画面を見ていると急に派手な音が鳴り、画面の中でデフォルメされたフグの絵が三つ揃った。出玉を交換してもらうと、謎のチップのようなものを渡される。適切な手順を踏めばこれがお金に変わるらしい。店を出て、そのチップを夕陽にかざすと、きらきらと輝いていた。

お父さん、友達も恋愛もタバコもいいものだったけど、パチンコだけは、全然面白くなかったよ。

愛はある／ないの二つに分けられず地球と書いて〈ほし〉って読むな

恋愛がずっとわからない。どれだけお金持ちでも、どれだけイケメンでも、どれだけ素晴らしい人でも、相手が好意を寄せてくれていても、私は誰かのことを恋愛的に好きになるというのがとても難しい。

私にも母や友人や我が家の猫を大切にしたい、どうか幸せでいてほしいという気持ちはあるから、「愛」ならわかる。そして、「性欲」もわかる。「恋」がわからない。あらゆる文献や世間の風潮から察するに、恋とは、性欲の対象であることを前提として、そこに何かが加わったもののような気がしている。その、何か。恋から性欲を引いたときに残るもの。それは一体何なのか、もしかして何も残らないのか。実は何も残らないのだとすれば、最初から「恋」とかいう抽象的な言葉じゃなくて「性欲」と言ってほしい。

それでも皆もすなる恋愛といふものを、私もしてみむとて、できる限りの努力はしてきた。

かつてマッチングアプリを使って、「顔写真とプロフィールから推察していいなと思える人」の出現率を探ったことがあった。いいなと思う人は右、違うなと思う人は左にスワイプする。私は異性愛者と思われるため、男性に限定して百人分検証し、そのうち何回右にしたかをカウントする。そうすれば、とりあえず容姿と雰囲気において自分が恋愛対象となる人の出現率がわかるのではないか。

左、

どうしよう。百人全員左だった。
じゃあ千人だったらどうか。調査を続ける。

左、左、左、左、左、左、左、
左、左、左、左、左、左、左、左、
左、左、左、左、左、左、左、右……

千人のうち三人が右になった。ゼロではなくて良かった。母数が限定されているどんぶり勘定だが、私の恋愛対象となる人の出現率は男性の中で約〇・三％。年頃の男性三百三十人に会って一人出現するかどうかという確率だ。すべての男子生徒を集めてもせいぜい二百人くらいの学校生活で一度も恋に発展しなかったのは、確率的に当然とも言える。問題はここからで、一旦、その〇・三％の人に出会えたとしよう。その人と会話して楽しいと思えて、互いの性格や価値観にも齟齬《そご》がなくて、その上で私みたいな人間を好きになってくれる人の確率は………計算しなくても限りなくゼロに近いだろう。宝くじが当たる確率の方がまだ高いと思う。

この試算においてネックとなっているのは、どう考えてもスタートの〇・三％である。だから次は、恋愛対象となる人が少なすぎるという問題をなんとか改善できないかと考えた。

恋愛に発展しても問題ない人と過ごすとき、相手の良いところだけに着目するようにした。その人と一緒にいないときも相手のことを考えるようにした。普段あまり見ない恋愛映画やドラマを観て、aikoをたくさん聴いた。見た目の好みが狭すぎるのではないかと仮説を立てて、マッチングアプリで初対面の人と会うとき、コンタクトをせず裸眼で行ったりもした（裸眼の視力は〇・一くらいなので、道端にあるものを指して会話を振られても答えられず変な空気になり、かといって近づけば相手の顔は割と見えてしまい、これは何も良いことがなかったのですぐやめた）。

私なりに本当に頑張った。だけど、どうにもならなかった。最終手段に出ようと思って、知り合いの催眠術師に、「人を好きになれる催眠」をかけてもらえないかと頼んだ。本気で考えて、もうこれ以外に思いつかなかったのだ。その人がいくつかの簡易的なテストをしてくれた結果、私は催眠の受容性すらも相当低いタイプらしく、効果は得られそうになかった。

詰みだ。

詰んだけど、別に恋愛しないと生きていけないわけでもなし、調査はここで終了かと思われた。

そんな折、約二十年ぶりにもとかちゃんと連絡を取る機会があった。もとかちゃんは私が小学二年生のときのクラスメイト。その年の夏休みはほぼ毎日一緒に過ごしていたが、その後彼女が親の仕事の都合で転校し、それきりになってしまっていた。

もとかちゃんと過ごした夏休みのことは、今でも強く覚えている。

ほぼ毎日、私の家に集まってNINTENDO64をやっていた。ソフトは『マリオパーティ』、『マリオカート』、『大乱闘スマッシュブラザーズ』、たまに『どうぶつの森』。

私の家には、母が生協で注文した缶のお茶が段ボールいっぱいにあったので、毎日それを飲みながらゲームをした。途中で、その缶のお茶に梅干しをいれるともっと美味しいことに気づく。夏の汗ばんだ体に梅干しの塩気がアクセントとなり、でもお茶で塩分が薄まっているからぐいぐい飲める。これは私たちにとって世紀の大発見で、そこから毎日梅干し茶を作って飲むのが流行った。飲むだけではなく、梅干し茶を日々研究していた。梅干しはただ入れただけだとあまり味がしなくて、箸でぐずぐずに潰し、溶かした状態が一番うまい。梅干しを二個、三個入れてみたりもしたが、結局一缶に対して一個が一番うまい。そうやって研究を繰り返しながら一日に何杯も飲むため、うちの台所には梅干しの種が溜まっていった。このときは常時梅干しを口に入れながらゲームをしていて、食べ終わったアイスの棒を噛むように、ふと梅干しの種を歯で割ったら、マトリョーシカのように中に白い実が入っていて驚いた。さらに中の実を食べてみると意外といけて、これに気づいたときは二人とも大興奮だった。世界は私たちがまだ知らないことで満たされているようで、そうやって新しい発見（主に梅干しの）をしては毎日キャッキャと盛り上がっていた。

どちらが言い出したか覚えていないが、そんな梅干し研究の延長である日、食べ終わった種を植えてみようということになった。もしかして芽が出て木になるかもしれない。そうしたらもっともっと梅干し茶が作れるねと、二人ですごく盛り上がった。私はこの提案にすごくワクワクして、それはマリオパーティでもスマブラでも味わったことがない気持ちだった。思いつくやいなや、私たちは近くの公園に向かい、私たちがしゃぶり尽くしたあとの梅干しの種を地面に埋め、水をやった。理科の授業で習ったから、種が木になるまでに長い年月がかかることは知っていた。だけどこのときの私たちにとって、この夏休みは永遠に近いものだと信じていた。

一週間くらいは二人で毎日水をあげに行っていたけど、全く変化のない地面に二人とも割とすぐに飽きた。「『どうぶつの森』だったら埋めた瞬間に芽が出るのにね」と言って笑った。

そしてもとかちゃんは、梅干しから芽が出る前に引っ越してしまった。

約束しなくても毎日会えて、くだらないことで盛り上がって、美味しいものを一緒に食べて、二人で世界の新発見をし続ける。これが私が思う、二者間の最高で理想の関係である。三十を超えた今でも、本当はああいうことをしていたい。もしかしてこういう日々を永遠にするのが結婚という制度なのかもしれないし（だったら同性婚もできて然るべきだ）、意外とこういうことが、恋から性欲を抜いたときに残るものなのかもしれない。

現在もとかちゃんは、国際結婚してお母さんになって、モントリオールで暮らしているらしい。

有休で泥だんごつくるぼくたちは世界でいちばんいちばんぴかぴか

祖父は五年ほど前に認知症を発症してから、周囲を激しく攻撃するようになった。彼はもともと負けず嫌いで意地っ張りで、気の強い性格だった。裕福ではない家庭で育ち、中卒だったにもかかわらず、たゆまぬ努力によって中小機器メーカーを上場にまで導いた人だ。仕事一筋の人生で、最終的に専務という役職にまで上り詰め、七十歳を過ぎてからも取締役相談役として、しばらくは仕事を続けていたらしい。私が母子家庭育ちなのに私立の美術大学を卒業させてもらえたのは、祖父の経済的援助によるところが大きい。

初期認知症が認められてからしばらくの間、祖父は私の母と二人で暮らしていた。平常時は、何か都合の悪いことがあると「だって俺、認知症だからさあ」といった認知症ギャグを飛ばせるくらいの愛嬌を見せたりもしていたらしいのだが、祖父の場合、自分が下に見られているとか、馬鹿にされていると感じたことがトリガーとなって急に攻撃的になるということがよく見られた。自虐はいいけど、人に言われるのは嫌、ということのようである。
そもそも認知症になる前から、人に舐めた態度を取られることに対しては爆発的に怒り、あらゆる手段を用いて仕返しを企てるようなちょっとヤバい人だったが、認知症になってからは、周囲の人に全くそんなつもりがなくても「舐められた」と思い込んで暴れるとか、そもそも会話すらしていなくても不安になってキレだす、ということが増えていた。

例えばあるとき、母が仕事の都合で夕食の支度ができなかったため、家のすぐ向かいにある飲食店に依頼をしておき、祖父に夕食を受け取りに行ってもらったところ、急に店内で暴れて出禁になった。またあるときは、祖父が脈絡なく突然怒り出して、母にビンタを食らわせたり物を投げまくったりして手が付けられなくなり、やむを得ず母が羽交《はが》い締めをして止めたらしい（私の母はフィジカルがかなり強く、並の成人男性よりも力がある。母は「殴られても全然痛くなかったけど、お父さんの骨が折れないか不安だった」と言っていた)。祖父は、娘に簡単に羽交い締めをされたことでショックを受け、しばらくの間元気をなくしてしまった。

祖父に限らず、認知症患者に多い一つの傾向として、無力な自分が受け止められず、プライドが高い人ほど以前との落差を感じて、周囲に対して攻撃的になることがあるらしい。私は認知症になった祖父を通じて、自分の未来を想像して恐怖に震えた。私も祖父に似て、根っからの負けず嫌いさと気の強さを持ち合わせている上、たゆまぬ努力によって今の自分を勝ち得たという、ヒマラヤ級に高いプライドを持っている自覚が既にあるからだ。このままではヤバい。私も老後、周囲を攻撃する老人になると確信した。じいちゃん、お前の人生は無駄にしないからな!!

こうして齢三十にして、私の「無害老人計画」はスタートした。まずは身近なところで、人に指摘や忠告をされたら素直に聞き入れるとか、桃鉄で負けてもムキにならないとか、そういうレベルのことから取り組んでいる。とは言え、もともと温厚な人でも攻撃的になってしまうこともあるのが認知症というものなので、実際発症したらどうなるかわからない。そこで、あと二十年ほど経ったら「人にやさしく」

という文言を、刺青として身体にいれるということも検討している。意味があるのかはわからないが。

祖父の症状が進み母の手に負えなくなってきた頃、本人の希望もあって介護老人ホームへ入居することになった。施設の方がとても良くしてくださっているようで、それなりに楽しくやっているらしいが、認知症というのは、進行を遅らせることはできても、改善することはないものなので、入居後も少しずつ症状は進行している。先日、施設にいる祖父から突然電話がかかってきたので出ると、「お母さんとお父さんはどこにいるんだ」「学校は楽しいか」と言われた。私は十八のときに上京して一人暮らしを始めてからもう十二年が経つし、とっくに学校は卒業して働いている。

祖父の中では私はまだ中学生のままで、それはつまり、祖父が自分史上一番輝いていた時代なのだ。その証拠に、祖父は今でも、介護老人ホームの施設の職員さんのことを自分の会社の部下だと思い込んでいる。認知症の人に対して、本人の主張が間違っていたとしても否定するのが一番良くないと聞いたことがあり、私は祖父の質問になんと言っていいかわからなくなって、ＹＥＳともＮＯともつかない返事をし、もぞもぞと電話を切った。

祖父のあの電話以来、自分が認知症になったら、私はいつの時代の自分を輝かしいものとして拠り所にするのだろうか、ということをよく考える。そして、自分の短歌や作品を褒めてもらったり、ＳＮＳでバズったりするたびに、「ああ、今じゃないといいな」という気持ちになる。若い頃にバズった記憶に依存している老人となか嫌すぎるから。もしかして、歳を重ねるたび今よりも輝かしい人生にしていけば、常に最新の記憶のままで生きられるのかもしれない。ああ、ただ三十年生きるだけでも大変だったのに、人生というものはどうしてこんなに難しいんだろう。まあでも、やってやろうじゃないか。私は、負けず嫌いで意地っ張りで気が強く、ときどきはカッコいいじいちゃんの孫なのだから。

強さとはやさしさなのかもしれなくて無害老人計画はじまる

それは、私にとって初めての引っ越しだった。

両親が離婚するにあたり私は母と姉と共に生家《せいか》を出ていくことになった。段ボールに必要なものを詰めていると、「次の家は狭いから物をできるだけ減らしてね」と母に言われた。

十五年暮らした家にはたくさんの物があった。小学生の頃に集めていたシール帳にプロフィール帳、友達と交換しながら必死で集めたモーニング娘。の生写真、大切すぎてなかなか使えなかった便箋と封筒、図工の時間に褒められた絵、海で拾った珍しい石、なぜかずっと集めていたセブンティーンアイスのフタ、珍しい切手、お小遣いが出るたびに一冊ずつ買ってやっと全巻揃えた漫画、友達からもらったお手紙、お揃いで買った筆箱、昔は毎日一緒に寝ていたぬいぐるみ、父が買ってくれたファミレスのレジ前にあるおもちゃ、修学旅行のお土産、趣味で描いた一つも完結していない漫画の束…………これらはすべて、いつかの私にとって宝物だったことがあるものたち。でもその頃の私は、両親の諍《いさか》いや姉が起こす問題、そして全く楽しくない学校に辟易《へきえき》して、常に気持ちがどんよりしていた。心が湖の底にずっと沈殿しているようで、ときめくことが何もなかった。だからかつての宝物なんて、というかもう、家族も学校も、世界のすべてが、どうでもよかった。私は、家にあった物たちをものすごい勢いで捨てた。宝物も、思い出の品も、服も、自分の絵も、写真も、CDもMDも、本も。小学校の卒業文集も、もらったばかりの中学校の卒業アルバムも捨てた。全部ぜんぶもういらない、いらない、捨ててやる、もうほっといてくれ、馬鹿やろう。

　ゴミ袋を見た母に「昔の写真とか卒業アルバムも捨てちゃうの?!」と驚かれた。当時の私は自分が大嫌いだったから、むしろ世界から自分の痕跡《こんせき》をできるだけ消したかった。いや、私だけが卒アルを捨てても別に痕跡は消えないんだけど、でも、夢中で捨てていたら心が少しだけスッキリした。もちろん、十数年後の自分がエッセイや短歌を書くにあたって、昔の記録が全く残っていないことに大層苦しめられるということに、このときは気づいていない。

そうして新しい家に引っ越して、高校生活が始まった。あれだけ捨てたのに、生活を送る上では意外と何も困らなかった。貧困母子家庭となった我が家では、それよりも安定したお金を得て今週のご飯をどうやって食べるかの方が火急《かきゅう》の問題だったし、宝物や思い出では腹は膨れない。客観的に見れば「同情するなら金をくれ」的状態ではあったが、卒業アルバムを躊躇なく捨てるような奴に、わざわざ同情してくれるような友人もいない。

私は物を捨てたことを後悔しておらず、むしろ、瞬間的には身軽になったような気すらした。今考えれば、あれは多分自傷行為みたいなものだった。新しい家のベッドで捨てたぬいぐるみが夢に出てきたこともあったし、ふとした瞬間にかつての宝物たちが思い出されて後ろめたさを感じることもあったが、日々の生活を送ることに必死で余裕もなく、見て見ぬ振りをし続けた。

どれだけ大切にしていたものでも、どれだけ高価なものでも、どれだけ熱心に集めたものでも、いつか私はその輝きが感じとれなくなって、世界の全部に腹が立って、また捨てることになってしまう気がする。だったらもう、最初から持たない方がいいのかもしれない。

物を持つことだけでなく、お金を使うことのすべてに、やや抵抗を感じるようになった。アイドルにハマってもグッズは買わずにYouTubeの無料公開動画だけを見たり、修学旅行で友達がたくさんお土産を買っていても自分だけ買わなかったり、欲しい本があっても我慢しているといつしか欲しくなくなったりした。一番苦手だったのはゲームセンター。あそこは敷居が低く見えて、実は娯楽消費を肯定できる人しか入れない場所である。大量生産されたぬいぐるみなんて欲しくないし、いくら上手に太鼓を叩けたとしても何も残らないし、そこの施設の中でしか使えないメダルを集めることに何の意味があるんだろう。皆、なんか騙《だま》されてるんじゃないだろうか。

大学進学を機に東京に来て一人暮らしを始めた。奨学金は最高額で申請したが難なく通った。相変わらず極貧生活をしていたが、欲しいものも特にないので無理をして節約しているという意識はあまりなかった。課題制作で必要なものと、生活必需品しかほとんど買わなくなった。気づけば物欲みたいなものがほとんどなくなって、何を見ても欲しいと思わなくなった。もともと出不精なのとお金を使う怖さが相乗効果となって、Google Earthで世界中が見られる世の中なのに、どうして人はわざわざ大金を払って旅行をするんだろうと本気で思っていた。

お金を使うのが苦手なまま社会人になり、営業職に就職した。お金がもらえるから、仕事をするのは好きだった。学生時代は人見知りの上かなり愛想が悪かったくせに、お金をもらっているんだからと思えば、初対面の人に笑顔を振り撒くことにも抵抗がなかった。どれだけの残業も厭《いと》わず、顧客のことや業界知識を熱心に勉強して、それを続けていたら一人で一千万とか二千万とかの契約を取れるようになった。

……なんか、お金ってこんなもんだっけ。営業の仕事は自分なりに真摯にやっていたけど、セクハラめいたことをされても笑顔で受け流したり、内心「クソが」と思いながら「そんなそんなぁ〜」って言ったりとかして、それで一千万を預けてもらえて。目的のために愛らしく振る舞う着ぐるみのように、身体の外側に纏《まと》った皮膚がどんどん厚くなっていって、その代わりに内面がすり減っている気がする。地元にいた頃、千円にも満たない時給で私や姉や母がアルバイトして、それで給料日に食べたサイゼリヤ、三人で二千五百円くらいだったけど、すごくすごく美味しかった。あれの価値が二千五百円だとすれば、この一千万円の契約には、あれの四千倍の価値が、嬉しさが、喜びが、あるというのか。お金って、一体なんなんだろう。

そこから、「リハビリ」と称してお金を使う練習をし始めた。旅行に行く、行ったらお土産を買う、読みたい本は好きなだけ買う、恐る恐るゲームセンターに行ってぬいぐるみを取ったりもしてみた。やってみると、気の置けない友人と一緒に盛り上がるためお金を使うことは、なかなか悪くない体験だった。

二十五歳のとき、新卒から三年勤めた会社を辞めて、広告代理店に転職した。この頃には貯金残高を気にすることなく勝手にお金が貯まっていっており（収入が多いというより人一倍使わないせいだが）、不自由ない生活ができるくらいには稼ぐようになっていた。

この転職で金銭面よりも大きな収穫だったのは、尊敬する上司との出会いだ。彼は仕事に真摯に取り組み結果を残すだけでなく、皆の志気を高める行動を率先して取り、それでいて全く偉そうな顔をしない。人の悪口を言っているのを見たことがない。不条理なことには真正面から立ち向かうが、それでいて場の空気を柔らかく保ち、誰のことも加害者にも被害者にもしない。あまりの徳の高さに菩薩《ぼさつ》の生まれ変わりかと思った。かつて自分のことで手一杯で色々な人や物を傷つけてきた私は、彼に出会って生まれて初めて「この人みたいに、かっこいい人間になりたい」と強く思った。

そこからは精一杯上司の真似をしてみたが、どうにも上手くいかない。なんていうか、上司のように振る舞うには私は自我が強すぎるということがわかった。営業をやっていた頃のように、自分の本音を誤魔化すとどんどん心の行き場がなくなっていくのは身をもって知っていた。今の私は、どれだけ場の空気を乱すことでも、思ったことは全部言いたかった。しかもできるだけ短く鋭利な言葉で、相手の心に残したかった。そういう気持ちが抑えきれなくて、必死で我慢するとものすごいストレスが溜まった。

かつて心が死んでしまっていた頃は、世界から自分の痕跡を消したくて消したくて仕方なかったのに、心に元気が戻ってきた今は、世界に自分の痕跡を残したくて残したくて、その衝動がどうにも止められない。このとき素敵な人間のサンプルが上司しかいなかった私は、自我が強い自分が恥ずかしくて、後ろめたくて、この自我さえなければ上司みたいになれるかもしれないのに……と日々考えていた。

そんなある日、俳優の樹木希林《きききりん》が亡くなった。しばらく後に、彼女の作品や人生の軌跡を振り返る展覧会、「樹木希林　遊びをせんとや生まれけむ展」が催された。私は彼女の出演作品をいくつか観たことがある程度だったが、映画マニアの友人に誘われて会場を訪れることにした。

会場内には彼女の生前の写真や映像、愛用品だけでなく、インタビューで語った生の言葉がいくつも展示されており、そのうちの一つの前で、私はしばらく動けなくなった。

（私の芝居の）ゆとりはどういうところから出ているかと言いますと、不動産をひとつもっているからではないでしょうか。いつ仕事がダメになっても、家賃収入があるからいいや、と思ってやっているからだと思います。私は、芸能界に入ったときから喧嘩っ早くて、これは夫の比ではないんです。だからいつか喰いっぱぐれるかもしれないと思って、ほかに生活の基礎だけは確保しておこうと。

（「いきいき」２００７年１月号）

わかる！！！！！！！！！！！！！！

この頃、私は思ったことを全部言う性格のせいで、会社でもプライベートでもよく喧嘩みたいになっていた。そうか。自我が強い人は、自我を封じる努力をするんじゃなくて、自我を発揮したままで生きていける道を探すべきなんだ。確かにその方が、精神衛生上ずっといい気がする。

展示会場は満員だった。家に帰ってから、彼女の作品や密着ドキュメンタリーや色々な書物を読み漁った。自我が強くったって、いや、自我が強いからこそ、こんなに多くの人に愛される生き方があるということを、私に初めて知った。

それから私は、将来的に樹木希林（ぐらいかっこいい人間になること）を目指すことにした。

樹木希林が不動産があるといいと言っていたからという理由のみで、二十九歳のとき本当に家を買った。あんなにお金を使うのが怖かったのに、数千万ものローンをサクッと組んだ。不要なものは買わずもらわず、雑巾一枚でさえもとことん使い切ってから捨てる彼女の生き方がかっこいいと思った。お金を使うのが悪いんじゃなくて、物を持つのが悪いんじゃなくて、「物が役目を全うしていないのに捨てること」「集団でいるときに楽しさを共有しようとしないこと」が良くなかったのだ。今でも物欲のようなものは限りなく弱いけど、たまに欲しいと思ったときは、そういう自分の心を尊重できるようになった。例のお世話になった上司が転職したのを機に、三十一歳で会社を辞めた。収入は激減したが、もう自我とお金の乗りこなし方がわかったから、何も怖くなかった。

発作のように物を捨てる衝動は、あれから起きていない。

吐瀉物にまみれた道を歩いてく　おおきなおおきな犬の心で

「離婚してもいいから、子どもを産みなよ」

二十代中盤を過ぎたあたりから、母から何度も言われてきた台詞だ。母曰く、夫がいてもいなくても幸福度は特に変わらないが、姉と私がいることで母はとても幸せだそうで（良かったね）、私が子どもをつくらないまま老後一人ぼっちになるのではないかと心配なのだそうだ。

我が家は比較的波瀾万丈《はらんばんじょう》な方の家で、特に父親は浮気にギャンブルにとやりたい放題だった。十代の頃の私はそんな家族と一緒にされないことに必死で、彼らと真逆の人間になることこそがアイデンティティだと信じていた。私が十五のとき両親は離婚することになり、父は慰謝料を払うどころか、私と姉が長年貯めていたお年玉貯金のすべてを持って、フィリピンに飛んだ。我が父ながら、ここまでやりたい放題だと清々《すがすが》しさすら感じる。

父が去ってわずか二年、姉は齢十八で妊娠し、結婚した。高校もサボりがちで問題児だった姉は、絶対に母に結婚を反対されると思ったので、結婚するために確信犯的に妊娠したらしかった。実際に母は猛反対したが、結局有無を言わさず姉の思惑どおりとなった。歳月が経ち現在は二人も子どもがいて、なんならもう一人欲しいと言っている姉。一方私は今年三十二になったが、結婚の予定も出産の予定も今のところ特にない。光の速さで出産した姉と、いつまでも出産どころか結婚もしない妹、それと母の三人家族。我が家は長らくそういう状況で、私は母から何度も何度も子どもを産めと言われてきたが、その度にむにゃむにゃ言って逃げ続けてきた。昔は、家族への反発心で絶対に結婚出産したくないと思っていたけど、年齢を重ねた今、そういう気持ちももはや無い。ただ、特にしたいという気持ちにならないのでしていない、いつかするかもしれないけどしなくても別にいい、という心持ちなので、むにゃむにゃ言う他なかったのだ。

ある日実家に帰省していたとき、母と温泉に浸《つ》かっていたら、最近彼氏はどうなのと尋ねられた。たった三人の女家族なのもあって、母も姉も私も、色恋の話をかなり明け透けにする方だ。おっ恋バナかと思って、私はそのとき付き合っていた恋人の好きなところ、嫌いなところ、不満や愚痴を、女友達に話すみたいにベラベラと喋った。いつもみたいに母が笑わないので、何か変だなと感じる。それで、その人と結婚する気はあるのと真面目な顔で言うので、今はそういう感じじゃないかな～と答えると、「あんた、一生子どもつくらない気？　仕事が忙しいなら、卵子を凍結しておいた方がいい」とまで言ってきた。

　ママはね、あゆに幸せでいてほしいの。旦那はなんだっていいけれど、子どもは絶対にいた方がいい。ママはりーとあゆがいて本当に幸せだから。老後一人ぼっちになったらどうするの。あんたが子どもつくるまで、ママ心配で死ねないよ。

　湯が、ざぶんと音を立てる。恋バナじゃなくて、今日はそういう話がしたかったのか。ここまで強く出産をしろと言われたのは初めてだったので面食らった。母はこんなにも真剣に私の老後を心配していたのか。長く入り過ぎたので、一度湯から出て、温泉の縁にあるでかい岩の上に腰掛けてみる。私の身体から湯が滴《したた》り落ちて、岩は黒に近いグレーになった。夏のぬるい空気が通り過ぎ、ぼんやりした頭が徐々に冷えていく。

「ママの目的は私が幸せに生きることなんだよね？」

「そうだよ。だから絶対に子どもを産んでほしい」

「いやその理論はおかしいでしょ。私がママを不安にさせないために、本当は欲しくなかったのに無理やり子ども産んで、産後うつになったり子どもを虐待したりして、人生が破滅したらどうするの？　それでも子ども産んでほしい？　ママの幸せが私にも当てはまるとは限らないよ。私は別に子どもを絶対に産みたくないと思ってるわけじゃなくて、産むとしたら自分のタイミングで決めたい。親の言葉って一生の呪いになり得るんだから、もっと言葉に気をつけて欲しい」


ここまで早口で言って、はっと我に返る。

本心ではあるが、気も思い込みも強い母がこんな説明で納得するわけがない。母が他人に何かを言われたことで自分の意見を変えたのを、たったの一度も見たことが無い。母が心から心配して子どもを産めと言ってくれていることはわかっていたのに、理屈で論破してどうするんだろう。私はいつも自分の理屈を最優先して、人の気持ちに気づくのが遅い。姉は母の主張をはいはいと言って常に受け流している。

「ママが人の言うこと聞くわけないじゃん、私とあんたもそうだけど」と笑っていた。あれ、よく考えたら家族全員、気も思い込みも強くて人の話聞かないんじゃないか。父親に関してはもう人の話聞かないとかいうレベルじゃない意志の強さがあったし……

私が一瞬で深く反省し、変なところに家族の血の繋がりを見出すまでの間、母はしばらく下を向いて何かを考えていた。

すると、「……あゆの言う通りだね。親の言葉って呪いになるよね。ママ間違ってた！　ごめんね」と言った。

真剣に話し合っていたけれど、そういえば私たちは素っ裸だった。急に面白くなって、母と笑いながら脱衣所に向かうと、母が下着をつけながらしみじみと言う。

「親の言葉ってさ、呪いだよね～ホント！」

そのときの、笑顔をつくりながらも少しシュンとしたような横顔は、母というより少女のように見えた。厳しくあれこれ口出ししてくる祖父のもとで育った母は、かつて自分にかけられた呪いを思い出したのかもしれない。母には母の呪いと幸せの形があって、私には私のそれがある。

あれから数年が経つけれど、母はあの日以来私に一度も子どもを産めと言わなくなった。

剝《む》き出しの言葉を人に投げつけることが、いかなるときも正しいわけでは全くない。本意ではない形で傷つけることの方が多いのだろう。だけど心から大切な人が私の剝き出しの言葉を受け止めてくれ、理解してくれたとき、地球には言葉があって本当に良かったと思った。彼女が私の母ではなくて、その辺の飲み屋で会った人だったとしても、私は彼女のことがきっと好きだ。

わたしにはわたしの呪いがある日々の遠くでひかる裸の言葉

人から何かを褒められたとき、「いえいえ、全然そんなことなくて」などと否定にかかるのは悪手《あくしゅ》で、サラッと「ありがとうございます」と答えるのがベストだというのは、コミュニケーションにおける真実の一つであり、世間にも浸透してきている考えだと思う。相手の褒めを否定することはつまり、相手の感想を否定したことになるから。

例えば容姿やビジュアルを例に挙げると、可愛いとか格好いいとかいうのは主観だから、言われた側がどう思っているかに関係なく、相手の心の中だけでその真実は成立する。それに気づいてからは私も、容姿について褒められたときはありがとうございますと素直に言えるようになってきた。そもそも容姿を他人が勝手にジャッジすること自体どうなのかという話は一旦置いておく。

でも、数年前に歌人としてデビューしてから、褒めに対するリアクションが上手く取れなくなってきた。サラリーマンだった頃は副業で作家活動をしているというだけで、会社や取引先からは物珍しさで「すごいね」と言われる。私がどの程度のクオリティの短歌や文章を書いているかにかかわらず、皆が少しでも聞いたことがある名前の雑誌からインタビューを受けていれば、それだけで「すごい売れてるんですね！」となる。しかし、よほどの大型書店か詩歌棚が豊富な店舗でもなければ私の本は置かれてすらいないし、読書家の方でも多くの人は私の名前を知らないし、原稿料だけではもちろん食っていくことはできない。これは謙遜でもなんでもなく、私は作家界においては端っこも端っこのところにいる。なのに「作家先生、ご活躍ですね〜！　そろそろ芥川賞ですかぁ？」とか言われるわけだ。

これはもう事実誤認も甚《はなは》だしい。「可愛い」だったら主観の問題だから否定できないけど、「作家としてご活躍」は明確に嘘である。しかも私は小説を書いたことがなく、「芥川賞」とかはもう事実と照らし合わせた上で絶対違うから、多分私の作品一個も読んでないんだと思う。相手が冗談（というかイジリ）として言っているのはわかるけど、それでも本当にこれに「ありがとうございます」を言うのが正しい反応なのだろうか。気安く認めようものなら芥川龍之介をはじめとする、名だたる作家たちの霊に呪われるんじゃないのか。

そういうわけで、文筆に関する褒めだけは上手く肯定することができずに、いつも「いやいや」とかなんとか言ってその場を終わらせてきたのだけど、先日あるドラマを観ていて衝撃を受けた。日テレの『だが、情熱はある』という、南海キャンディーズの山里さんと、オードリーの若林さんの実話をベースにした作品。物語の中で、若林さんが下積み時代にお世話になっていた前田健さん（作中では谷勝太さんとなっている）が出てくるのだが、当時売れっ子であった彼は、活躍を褒められたときに毎回こう返していた。

「ねぇ～！　ありがたいことですよね～（両手を胸の前で合わせながら）」

素晴らしい。

相手の気持ちを肯定しながらも真実を伝えるこの技。私はずっと、自分は本当に活躍しているのかどうか、いやしていないだろ、という論点に囚《とら》われていたけど、「自分がありがたいと思っているかどうか」という論点にずらしてしまえば真実が言える。取材や仕事をいただけるのがありがたいことなのは紛れもない真実だ！　この返しをノータイムでできる人、さすがに人間ができすぎているんじゃないか？

これから自分の活動を褒められた際はこの言葉を、それこそありがたく使わせていただこうと思っている。

ところで先日祖父が亡くなり、通夜と葬式に参列してきた。祖父は自分にも他人にも厳しくて、説教が長すぎるきらいはあったものの、まさに世のため人のために生きた努力の人だった。私は長年地元を離れて東京で暮らしているので、遠縁の親族に会うのは私が高校生の頃に祖母が亡くなって以来、つまり十四年ぶりのことだった。

通夜は滞《とどこお》りなく済み、通夜振る舞いとして食事の時間になった。祖母の葬式のときは自分の席でひたすら机を見つめ続けることしかできなかったが、私はもう三十一である。別の席の親族に挨拶をしにいったり、お酌をしたりといった最低限の気遣いができるようになっていて、自分なりにかなりの成長を感じた。

誇らしい気持ちになり、意気揚々と奥の卓に着くと、そこの席にいたのは祖父の姉弟家族たちだった。九十歳を超えているらしい祖父のお姉さんが私の顔をゆっくり見てこう言った。

「綺麗なお顔ねえ」

前回会ったのは私が十代の頃だったから、綺麗に育ったねえということか。内心、これは容姿への褒め！　これ進研ゼミでやった問題だ！と思ったが、そんなことはおくびにも出さず自然な笑顔をつくりながらこう言った。

「そうですか？　ありがとうございます」

よしよし。相手の感想を否定せず、かといって感じが悪くない雰囲気で返せた。やっぱり私は大人になっている。すると、「お人形さんみたいでねえ」と続けられ、いやいやそれは言い過ぎだと照れながら否定しようとすると、

「安らかな表情でねえ」

綺麗なのは、私の顔じゃなくてじいちゃん（遺体）の顔だった。確かに綺麗だったけども。確かに血色がなくてシワが伸びて蠟《ろう》人形のようだったけども。

主役を差し置いて自分が褒められたと勘違いしたことが恥ずかしすぎて今すぐ消えたい。ていうか故人に「綺麗なお顔で」と言ってる人に「そうですか?」って返す奴シンプルにやばすぎる。私はもう親族の卓をまわる勇気をすっかり失い、高校生の頃と同じように机を見つめ続け、会が終わるのを待つしかなかった。

煙草持つ手つきでくわえる葬式のあとのアメリカンドッグはうまい

前回に続き祖父の葬儀の話。

我が家は神道《しんとう》なので、仏教の葬式とは異なる「神葬祭《しんそうさい》」を執《と》り行った。仏教の葬式は〝死者の魂を極楽浄土へ送り出すための儀式〟であるのに対し、神式の葬儀は〝亡くなった家族を先祖と共に神として奉る〟ことを目的として行われるらしい。つまり、亡くなった祖父は神様となったわけだ。このまま行くと未婚の私も死後、神になる確率が高いということに気づき、ちょっと怖くなる。

神葬祭の一日目、まず通夜祭と呼ばれる儀式がある。斎主《さいしゅ》となる神官の方が祭詞《さいし》を読み上げ、参列者は玉串《たまぐし》（と呼ばれる、白いひらひらした紙と葉っぱのついた枝みたいなやつ）を奉納するというのが、大まかな流れ。

その中で、斎主が故人の経歴や功績をたたえ霊魂を鎮める言葉を献上する儀式がある。これはもちろん事前に個人のプロフィールや人柄を知っていないといけないので、遺族があらかじめ説明しておくらしい。形式に則《のっと》った荘厳かつ流麗な言葉で綴られるのだが、それにしても結構な文章量である。これを故人ひとりひとりにあわせてカスタマイズしたものを、葬儀までの時間がない中で毎回執筆し、手書きで清書するなんて、作家で言ったら締切まで一日しかない、しかも絶対に落とせないヤバい寄稿を頼まれるようなものだ。遅筆な私だったら絶対無理。神官の方に対して、変な角度の尊敬の念が湧いてくる。

そうやって書かれた祭詞を読み上げる際、お経とはまた違う独特なイントネーションなのと、馴染みのない語彙も多く出たため、すべては理解できなかったのだけど……いやごめんなさい、正直に言うとほとんど聞き取れなかったのだけど、私の祖父の場合は「世のため〜人のために〜力を〜尽くし〜」というようなことを仰っているのは聞き取れた。ここに書いたことは式が終わってから調べたことなので、実は儀式の意味も知らずに参列していたのだが、この言葉が聞き取れたときに、す、すげ〜〜一人一人変えてるんだこれ！と衝撃を受けたのだった。

たしかに祖父は、世のため人のために尽くした人だったので、うむうむなるほどなと納得した。同時に、これ故人がマジのクズ人間だったらどうするんだという疑問が湧いてきた。

というのも、私の父は不倫にギャンブルにやりたい放題で、離婚後も養育費を全く払わず、私と姉のお年玉貯金のすべてを持ってフィリピンに逃亡した。もし彼が神道によって弔《とむら》われていたらどうなってしまったんだろうとふと思ったのだ。いや、これはあくまで娘である私の目線なので、父にもそれなりに讃えるべき功績はあったのかもしれないけど、仮に父を担当した神官の方がいたとしたら、相当頭を悩ませることになったには違いない。

ものすごく気になってしまって、通夜祭が終わったあとにスマホで色々調べたが、ヒットする記事はなかった。というか検索の仕方もよくわからなくて、「故人　クズの場合　神道　祭詞」とか調べたけど、Googleには「クズの場合」は無視されて、神道の儀式や神葬祭についての記事ばかりが出てきたのだった。

二日目の葬場祭や火葬を済ませたあと、神官の方を含む親族で慰労の食事の場があり、私はたまたま神官の方と向かいの席に座ることになった。和やかな歓談ムードになって、今ならいけるかなと思い、神官の方にどうしても知りたかったことをそのまま聞いてみた。

「祭詞を読む際に、故人が讃える功績の全くないクズ人間だったらどうするんですか？」

小さめの声で言ったのに、皆がわっと笑った。親族のおじさんが「そんなこと気になってたのかよ！　やっぱり作家先生は違うねえ～」と囃《はや》し立てる。

神官の方は、私の質問に少し困った顔をしながら笑って、

「そうですね。まあ、そういうときも、『天命を全うし～』とかなんとか、何かしら言うことはありますよ」と、だいぶ言葉を選びながら答えてくださった。

つまり、どれだけのクズでも死後はそれなりに神になれるっぽい。そして天命を全うしたというのが生前の功績になるということは、生きてるだけでえらいって言う言葉は神道的に正しいのかもしれない。

私の父は死後、母の後に再婚した家族によってフィリピンのマニラで弔われた。その後遺骨となり日本に送られてきて、父方の墓に眠った。父方は仏教だったため、神官の方を悩ませることがなくてとりあえずよかった。

後日、この話を知人にしたら、「そもそも本当に忌み嫌われるレベルのクズだったら、葬儀すら行われないかもしれないしね」と言われて、なるほどなと思った。そっちの方が真実かもしれない。

クズも死後神になれると知ってから餃子のタレが輝いている

私は人の知られざる真実や、人生観や、家庭環境や、トラウマなどにとても興味があり、昔は直接的にドンドコ聞きに行っていた。何人かは面白がって教えてくれるけど、普通に嫌な思いをさせてしまったり、距離感のバグったヤバい人だと思われてしまったりする。優しい友人が「初対面の人に『いつか死ぬとき、死因は何がいいと思う?』とか言わない方がいいと思うよ」と、真面目な顔で忠告してくれたこともあり、それは本当にそうだなと思った。距離感のバグったヤバい人だと思われたくないので(仮に実態としてそうであったとしても)、数年前から気をつけるようになった。

具体策としては、iPhoneのメモ帳に「初対面の人に聞いてもいいことリスト」を作った。自分も興味を持てて、相手を不快にさせないような質問が並んでおり、例えば「ファミレスで好きなメニューは」とか、「小さい頃にハマっていた遊びは」

とか。中でも一番使い倒しているのは「フルーツに生まれ変わるとしたら、何がいい？」である。

これは友人で歌人の岡本真帆さんが教えてくれた質問で、誰と話してもかなり盛り上がる上に、不快にさせない範囲で相手の価値観や真実のようなものがわかり、私もとても楽しい。楽しすぎて、先日転職の面接を受けていたとき、「最後に何か質問はありますか」と言われて「生まれ変わってフルーツになるとしたら何になりたいですか」と聞いた。面接官は少し困っていたけど、「パイナップル……」と答えてくれたりした（私は転職するならこういう話ができる会社がいいと思ったので、変人だと思われても構わないという人は面接テクニックとして参考にしてください）。

様々な人にこの質問をしまくってきたので、いくつかの回答例を紹介する。

とある人は、「イチゴになりたい」と答えた。理由を尋ねると、「あたたかい室内で過ごせるし、友人（他のイチゴ）が適度な距離感にいるから。ブドウも考えたけど、あれは一粒一粒が密接しているから、他人との距離が近すぎると思った」とのこと。この答えから、この人は他の何よりも自分の住環境と、友人との適切な距離感を大切にする人なのだということがわかる。

一応言っておくと、学術的に言えば実はイチゴは表面のツブツブこそが果実で、その中に種子となる胚珠《はいしゅ》があるため、種＝一個体だと考えた場合、ブドウ以上に高密度となる。ただこれは相手の価値観を知ることが目的の遊びなので、ここでは生物学的な正しさはどうでもいい。これ以降の文章も同様に、「それはフルーツじゃなくて野菜だよね」とか野暮なツッコミはやめていただきたい。

とある人は、「バナナになりたい」と答えた。理由は「栄養価が高くて、でも安くて手軽だから」。この人は、親しみやすく、他者に対して有益な存在でありたいと思っているのだと思う。

とある人は、「パイナップルになりたい」と答えた。理由は「派手に生きたいから」。

とある人は「サクランボになりたい」と答えた。理由は「一人じゃ寂しいから」。

このように、普段なかなか言わないような、だけど自分の中ではとても大事な価値観があらわれるすごい質問だ。

私のパートナーに聞いてみたら、私と同じフルーツを答えた。それはスイカだ。彼の理由は、「一人じゃなく大人数で食べるもので、スイカを食べるときって皆が笑顔だと思うから」とのこと。彼は自分を犠牲にしてでも周囲を笑顔にすることが、人生で最も重要だと考えているらしい。あまりの聖人ぶりに慄《おのの》いた。だって、私がスイカを選んだ理由は「いざ戦うとなれば、物理的に他のフルーツを倒せそうだから」だったから。つまり私は他人に負けないことが人生で最も重要だと考えているらしかった。

このように、何のフルーツを選ぶかよりも、その理由に価値観があらわれる質問なのである。スイカには勝手に色んなものを背負わせてしまって申し訳ないが。


ところで。

とある人は、「マンゴーになりたい」と答えた。「木の上で、南の島の風を浴びて過ごしたいから」と。

この答えには唸《うな》った。この人は、他者と自分を一切比べることなく、他者に何かを期待することもなく、あくまで自分が快くあることのみが人生で重要だと考えていることがわかったからだ。「最悪マンゴーにも勝てる」とか考えていた自分がほんとうに恥ずかしい。いつか私も、このレベルの魂になりたい。

人間は何度目ですか　むっくりと起き上がる蕨に尋ねられ、風友人に誘われてディズニーランドに行くことになった。最後に行ったのはいつだったか、記憶があまりないけれど、おそらく十年以上は経っていると思う。二十代前半くらいまでは、ディズニーランドではしゃぐ人たちをどこか揶揄《やゆ》するような気持ちを持っていた気がする。人混みの中、行列に並び歩き回って、人間にはすでに耳があるのにさらに耳をつけて四つになって、写真を撮ったり声を上げたりしてクタクタになって帰るくらいなら、一人で家にいた方がマシだと思っていた。

人混みがどうしても苦手なのは今も同じだけれど、当時は大衆とは違う自分でいたいみたいな幼稚な自我が強かったのだと思う。現在の私は、あらゆる物事に対して斜に構えることなく、「こっちのポジションにいた方が格好がつく」みたいなことじゃなく、自分の「好き」を自分で判断したいと思う。それに、大切な友人たちがディズニーランドを全力で楽しむというのなら、心からそれを一緒に楽しめる自分でありたかった。これは、私が人間として成長できているかどうかを試される機会なのである。

そういう覚悟を持って、私は、ディズニーランドに、行く。

当日の朝はなんとか起きて、お揃いの耳付きカチューシャを買って、アトラクションに乗って、レストランでご飯を食べた。平日だったのでそこまで人混みで苦しむこともなく、ディズニーに行き慣れている友人が案内してくれたので、とてもスムーズに楽しむことができた。

夜になり、エレクトリカルパレードが始まる。百万個の電飾で彩られたとても人気のパレードだ。最初の山車《だし》のような乗り物（フロートというらしい）は、映画『ピノキオ』に出てくる青いドレスの妖精だった。

『ピノキオ』のストーリーの中では、子どものいないゼペットじいさんが人形を作り、「本当の子どもになりますように」と星に願う。そうすると妖精が現れ、魔法をかけて人形に命を与える。こうして生まれたピノキオは、詐欺師に騙されたり、ロバの耳と尻尾を生やされ売り飛ばされかけたりと、結構な苦難を味わうことになる。何度も過ちを犯しながら、最後は勇気と思いやりを得て人間の子どもになるわけだが、よく考えればピノキオは「命が欲しい」「人間になりたい」だなんて望んでいない。望んだのはあくまでゼペットじいさんで、それを叶えたのは妖精の気まぐれである。命さえ得なければ、ピノキオは辛いことを味わわなくて済んだのに。でもこれって、現実世界も同じだよな。世界中の誰もが、願ってもないのにこの世界に生まれさせられ、望まぬ苦難を強いられている。

　ディズニーランドの名物とも言えるこのパレードで、なぜメインキャラクターでもないこの妖精が冒頭を飾っているのだろうと不思議だったのだが、これはもしかして人生の縮図なのかもしれない。パレードの妖精がにこやかに笑みを振り撒きながら周囲に魔法をかけていくのを、複雑な気持ちで見送った。

　今まではアトラクションに乗ることを優先して、パレードをじっくり眺めるということはなかったのだけど、いざ見てみるとどのフロートもとんでもなく凝《こ》った造形で、キャラクターの世界を表現するためにあらゆる趣向が凝らされていて感動した。フロートを取り囲むダンサーさんたちも、一挙一動がプロフェッショナルで素晴らしかった。

次々通り過ぎるフロートを見ていると、友人が「終わりが見えてきて寂しい」と言った。私が「『サザエさん』を観てる日曜日みたいだね」と言うと、彼女は「うん。でもパレードはもっと、人生の終わりのような」と言う。

パレードが終わりに差し掛かったその瞬間、「イッツ・ア・スモールワールド（小さな世界）」の曲が流れ始め、私たちはこの歌詞にしみじみ聴き入った。人生の始まりに、そして終わりにふさわしい曲のような気がしてきて、走馬灯のようにフロートを眺め続ける。本当はここで歌詞を紹介したいところなのだが、それにはディズニー本社への許諾が必要だそうなので（急に現実）、この曲の歌詞は各自検索してみてほしい。パレードやアトラクションでは一番と二番の歌詞が無限リピートされているが、実はこの歌の和訳歌詞は六番まで存在するらしく、六番が特にものすごいので。

望まずとも生まれさせられて、自由を求め苦しみ、叫び、それでも生きていく私たち。大人になって行ったディズニーランドは、当たり前のように楽しく、それ以上に私のちっぽけな自意識を圧倒的な力で吹き飛ばした上、人生というものについて説いてくれた。ありがたい説法を受けた気分になっていたとき、予報にはなかった雨が降り出した。私たちは、小さい世界という割には広いパーク内を小走りで抜け、帰路についた。明日からもこの世界で生きてゆくために。

わたしたちみんなひとりを生きてゆく　横一列で焼き鳥食めば

あとがき

「上坂さんは知らないかもしれないけど、皆は思ってもいないことをエッセイに書いたり、短歌にしたりしているんですよ。あなたは本当に思っていることしか書かないですよね。上坂さんは知らないかもしれないけど」

先日歌人の穂村弘さんと対談させていただいたとき、急にこれを言われてびっくりした。知らなかった。というか短歌とかエッセイって、本当のことをどれだけ書けるかという競技だとすら思っていた。私だけずっと別の競技をしていたことがわかった。

私は学校というシステムがとにかく合わない人間で、毎日同じ場所に行くのも苦痛だし、集団の空気を読んで行動するなんてできないし、あと何よりも学校は、どうして本当のことを教えてくれないんだろうと、ずっと思っていた。なぜいま私は

xの値を解かなければいけないのか、なぜ私が発言したら場の空気が一瞬凍るのか、なぜ私はこの世界のこの地域のこの家族に生まれさせられたのか、それらに対して誰も本当の答えをくれなかった。

世界が、社会が、どのように回っているかと、自分の性質を踏まえた生き延び方を概ね把握するまでに、三十年弱もかかった。長かった。そういうのを学校で教えてくれていたらこんなに悩まなくて済んだのに。だからこの本には、学校では教えてくれない、昔の自分が知りたかったことをたくさん書いた。本当は確定申告の仕組みとかも入れたかったけど、私もあまり詳しくないからそれは各自で調べてほしい。

もちろん大人になってから、学校で習うことが全て無駄だったわけじゃないとは気づいた。自分が学校の授業を舐めすぎていただけで、大切なこともたくさんあっただろうとも思う。でも昔の私がずっと知りたかったのは、「内申点の上げ方」でも「年収一千万の稼ぎ方」でも「愛され美人になる方法」でもなくて、「この最悪な世界でなんとか生き延びる方法」だったんだ。

私はまだまだ、本当のことをもっと知りたい。それを人に伝えたい。いっぱいいっぱい伝えたい。だって、世界中の人にどうか死なないでほしいから。これはマジのことだよ。

上坂あゆ美

初出一覧

栗南瓜の煮付けのような夕暮れに甘くしょっぱく照らされる家
――「小説推理」２０２４年5月号（双葉社）

人生はこんなもんだよ　眉毛すら自由に剃れない星でぼくらは
――『歌集副読本『老人ホームで死ぬほどモテたい』と『水上バス浅草行き』を読む』（上坂あゆ美・岡本真帆著、ナナロク社）

今日なにがあっても伸びる豆苗と必死で生きる僕たちのこと
――「XD MAGAZINE」VOL.05 SUMMER 2022（プレイド）

ルフィより強くてジャイアンよりでかい母は今年で六十になる
――「小説推理」２０２４年４月号（双葉社）

メイド喫茶のピンクはヤニでくすんでて夢なんて見ない自由があった
――「CREA WEB」２０２２年11月14日配信（文藝春秋）

強さとはやさしさなのかもしれなくて無害老人計画はじまる
――『無害老人計画』（田畑書店）

わたしにはわたしの呪いがある日々の遠くでひかる裸の言葉
――「ＰＨＰスペシャル」２０２４年2月号（ＰＨＰ研究所）

わたしたちみんなひとりを生きてゆく　横一列で焼き鳥食めば
――「小説トリッパー」２０２３年冬季号（朝日新聞出版）

書籍化にあたり、タイトルを含め加筆・修正しています。その他はｎｃｔｅに掲載、または書き下ろしです。

上坂あゆ美（うえさか・あゆみ）

1991年、静岡県生まれ。2022年に第一歌集『老人ホームで死ぬほどモテたい』（書肆侃侃房）でデビュー。Podcast番組『私より先に丁寧に暮らすな』パーソナリティ。短歌のみならずエッセイ、ラジオ、演劇など幅広く活動。